KB204548

.

버스드라이버

김미선
장편소설

개마

한때 같은 인터넷 카페에서 '100문100답' 식의 설문이 유행한 적이 있었다. 출신지니 취미, 기호 생활 등의 신변잡기 물음이었는데 그중의 한 문항이 문득 떠오른다.

꿈속이든 현실이든 가리지 말고 가장 하고 싶은 일이 있다면 그게 과연 무엇인가, 라는 것이었는데 나는 그때 농담조로 이렇게 답했다.

광화문 대로에서 멋진 남자와 키스하는 것!

그런데 여기에는 단 하나의 조건이 있었다. 반드시 내가 목발을 짚은 상태에서라야 한다는 것이 그것이었다.

허황한 질문에 참으로 객쩍은 답변이었지만, 그랬다.

목발을 내 생에 잘못 끼어든 이물질이 아닌, 내 육체의 뼈와 살로 육화시키고 싶어 안달하던 때가 있었다.

김미선 장편소설

그리고 내 영혼에 붙어 온, 둔탁하기 그지없는 살과 뼈를 그 모양 그대로 세상에 인정받고 싶어 주야로 몸살을 앓아대던 그런 때가 있었다.

　이 글은 그런 혈기에 한창 휩싸여 있을 때 쓰여 졌다.

　그 당시에 바로 출판되었으면 좋았겠지만 무슨 인연인지 많은 시간이 흘러서 세상에 나오게 되었다.

　곤혹스러움과 아쉬움의 심정 걷잡을 수 없지만 그나마 일말의 진정성으로 이 책의 주인공 봉애 씨가 버텨내길 바라며 그녀의 건투를 빈다.

2013년 시월

김미선

한때 세존께서 니그로다 승원에 계실 때 싸끼야족의 마하나마가 찾아 와 여쭈었다. "탐욕과 분노는 마음의 오염이고 어리석음도 마음의 오염이라고 고타마 세존께서 가르치셨고 저도 이 사실을 알고 있습니다. 그러나 저에게 이것들이 마음을 휘감고 유혹한 적이 있습니다. 세존이시여. 제게 안으로 아직 버리지 못한 어떠한 상태가 있어 이런 유혹이 일어나는 겁니까?"
—「괴로움의 다발에 대한 작은 경」에서

1

모든 것은 사라지고 욕망만이 남는다

눈물방울에 비쳐진 세상은 흐릿했다.

봉애는 창문을 통해 들어온 햇볕 속에 앉아 있었다. 벽을 타고 내려온 가느다란 햇빛은 그녀의 발등만 간신히 덮어줄 뿐이었다. 그녀의 눈에 매달린 눈물은 그 빛을 여과하는 프리즘이 되었다. 둥글고 불안하게 흔들리는 빛의 세계는 온통 부연 우윳빛이었다. 그러다가 어느 순간 주름처럼 엷은 갈색 기둥이 드문드문 세워지고 그 끝 무렵에 비늘처럼 작은 보랏빛 타원형이 생겨났다 사라지고, 사라졌다가는 또다시 생겨나곤 했다.

몽롱함의 아름다움.

봉애는 그 세계를 놓치지 않으려고 거의 호흡을 멈추다시피했다. 그리고 깜박거리고 싶은 눈의 본능을 강하게 억제시키고 있다. 그러나 아래 눈시울을 향해 작은 시냇물처럼 모여든 눈물은 드디어 제방을 무너뜨리고 아래로 뚝 떨어지고 만다. 두꺼운 옷을 넣어놓은 서랍장에서 손에 닿는 대로 꺼내 입은 겉옷 위에 검은 무늬가 함부로 만들어졌다.

그가 떠난 다음날부터 날씨가 급작스럽게 차가워졌다. 약속한 장소로 가기 위해 집을 나섰을 때 날카로운 송곳처럼 바람이 치맛자락 아래의 무릎과 허벅지를 찔러댔다.

미친 듯이 펄럭이는 치맛자락.

갑자기 계절을 바꾸어 달려드는 바람을 견뎌내기엔 원피스의 자락은 너무 가볍고 부드러웠다. 하지만 이것으로 마지막이 될지도 모르는 그와의 약속. 그와 함께 할 수 있는 얼마 남지 않은 시간.

봉애는 그것을 소중하게 치러내기 위해서는 치마이지 않으면 안 된다고 생각했다. 오직 여자만이 향유하고 펄럭일 수 있는 넉넉한 자유로움. 중성도 남성도 결코 아닌, 오로지 한 여성으로서의 존재를 단 순간에 드러낼 수 있는, 지극히 개방적인 것으로써의 그것.

봉애는 바지만 입고 자랐다.

그 속에 늘 감추어져 있어야 했던 육체. 수치스럽게 흔들리던 다리.

열두 살이 되어 가슴이 봉긋하게 올라오기 시작했을 때 그녀의 어머니는 한복의 단단한 치맛단을 뜯어 젖가슴을 동여매도록 시켰다. 그러나 여며진 치마단 속에서도 몸은 끈질기게 부풀어 올랐고 급기야 초경의 붉은 피를 쏟기 시작했다. 하얗게 질린 그녀의 어머니에게 후회와 두려움이 몰려왔다. 아직 세상을 모를 때, 여자라는 것이 무엇인지, 욕망과 본능이 얼마나 끈질긴 고통인지를 아직 모를 때에 그녀의 어머니는 차라리 딸을 세상 너머로 보내고 싶어 했다. 마지막 결단의 순간이 몇 번이었던가. 그때마다 아이는 방긋 웃으며 어머니 손목의 힘을 풀어놓았다. 한편 은빛 갈고리 같은 영롱한 눈빛을 어머니 눈 안에 걸어왔다. 죽은 듯이 축 늘어졌던 아이의 사지가 움직이기 시작한 것도 그 무렵의 일이었다. 그녀의 모진 결심은 꼼지락거리는 아이의 작은 변화에 홀려 그 기회를 잃어버렸다.

그러나 이제 자신의 또 다른 모습처럼 성숙하게 커버린 불구의 딸. 어머니는 눈을 감았다.

한정식당 현관의 왼쪽에는 커다란 거울이 걸려 있었다. 약속 시간에서 이미 십오 분이 늦어버린 그녀의 얼굴은 붉게 상기되고 머리카락은 바람에 날려 위로 부풀어 올랐다.

"내 머리 어때? 섹시해보이지 않어?"

이 자리에서 그렇게 물었던 것이 불과 얼마 전의 일이었다. 그는 눈꼬리를 치켜 흘끔 바라보다가 금방 아래로 내려버렸다. 그러나 물수건에 손을 닦고 있는 눈가와 입에는 남자로서 감출 수 없는 느긋한 웃음이 매달려 있었다.

"왜? 섹시해보이려고 일부러 볶았는데"

봉애는 다시 한 번 그의 앞으로 턱을 바싹 내밀었다. 그리고 섹시라는 말을 발음하기 위해 필요 이상으로 혀를 끌었다. 이틀 전에 파마를 한 바글바글한 모양이 마음에 걸리기도 했지만, 어쨌든 몽롱하게 흐트러진 머리카락은 확실히 색다른 느낌이었다.

"그게 뭐야? 금방 일어나서 빗질도 안 한 것처럼."

그는 여전히 무뚝뚝한 어조를 지키려 애쓰며 말했다. 그러나 차마 똑바로 바라보지 못하고 빗겨가는 그의 눈길에서 그녀는 더 강렬한 애정을 느꼈다. 투박하지만 순진하고, 감추려 애쓰지만 감춰지지 않는 커다란 동공 속에는 한 여자에 대한 지울 수 없는 사랑스러움이 그대로 담겨 있었다.

그날 저녁 봉애는 다림질하듯 곧게 편 머리로 그의 차에 올랐다. 점심을 먹고 나와 운동을 하러가야 하는 시간에 그녀는 대신 미용실에 들어가 스트레이트파마를 주문했다. 셔틀버스 운전석에 앉아 있던 그는 그녀의 머리를 바라보았다. 잠자코.

그의 눈이 밝게 빛나는 대신 회색빛으로 가라앉았다. 흔들리지 않음으로 인해 더욱 극명하게 드러나고 있는 흔들리는 마음. 그녀는 백미러를 통해 그와 눈이 마주치기를 기다렸다가 찡긋, 눈을 올려붙였다. 창녀처럼 교살스럽게 올라간 눈이 이렇게 말했다. 뭘 주저하셔요?

"나는 여자들의 긴 생머리가 좋아."

섹시하지 않느냐고 그녀가 재차 물었을 때 그는 동치미 국물을 입에 대며 마지못해 대답했었다. 그때 봉애는 키득키득 웃었다. 늙어가는 여자한테 생머리란 얼마나 적적하고 처량한 것인지, 조각처럼 반듯한 그의 얼굴이 긴 머리 소녀를 그리는 소년처럼 짧게 빛났다.

스트레이트로 펴기는 했지만 워낙 고불고불했던 파마기가 다 없어진 것은 아니었다. 바람이 불 때마다 한 올 한 올 생기를 되찾은 머리카락은 이리저리 뻗쳐 일어났다. 거울에 비친 그녀는 한 그루의 나무처럼 강렬한 생명력을 뿜어냈다. 어쩌면 온몸의 세포란 세포는 이미 다 그를 맞이할 준비로 팽팽하게 부풀어올랐는지도 모른다. 그러나 물방울무늬의 원피스를 지그시 누르는 정장 재킷의 밝은 회색이 그런 들뜬 모습을 교묘히 감추어주었다. 그녀는 거울에 비친 자기 모습이 더할 수 없이 마음에 들었다.

카운터에 있던 여자가 아는 척을 하며 일어났다. 그가 먼저 도착했더라면 이쯤에 서서 그녀를 기다리고 있을 것이라 상상했었다. 그러나 식당 주인인 여자는 혼자서 카운터를 지키고 있었다. 사람 좋게 웃는 그녀의 눈 밑에는 물사마귀가 하얗게 피어났다. 신을 벗고 올라가게 되어 있는 넓은 홀은 한창 점심시간이었는데도 비어 있는 곳이 더 많았다. 여자는 어떻게 혼자 왔느냐는 듯이 눈을 크게 뜨고, 그러나 결코 무례하지 않은 표정으로 봉애를 쳐다보았다.

"플라자 아저씨 아직 안 오셨어요?"

봉애는 남들 앞에서 그를 가장 보편적인 호칭으로 불렀다.

아저씨가 뭐야? 아저씨가? 그의 투정이 아니더라도 그녀 역시 그렇게 부르고 싶지 않았다.

"그분 플라자에서 그만 두셨잖아요?"

여자는 다시 눈을 크게 떴다. 거기에는 상대방을 감싸 안으려는 거의 본능적인 동정심이 포함되어 있다. 그저 바라보는 것으로써의 기능을 넘어선 그 눈이 불길하게 다가왔다.

처음 여기에 왔을 때부터 주인 여자는 좀 특이한 편이었다.

그는 그녀와 둘이서만 식사를 하러 들어오는 모습이 어색하여 견딜 수 없다는 듯이 서둘러 홀 위로 올라가버렸다. 그녀 혼자 신발장 앞에서 불편한 구두를 벗으려 주춤거리고 있을 때 카운터에 앉아 있던 여자가 급하게 뛰어나왔다. 그리고는 뻣뻣한 다리에 신겨져 있는 봉애의 구두를 맨손으로 움켜잡았다. 구두 바닥의 흙을 피하려고도 하지 않았다. 그건 음식점 주인으로서의 단순한 친절 이상으로 헌신적인 손길이었다.

"그래서 오늘 점심 대접하기로 했는데요."

봉애는 일상적인 어투를 넘어서지 않음으로써 가슴 앞까지

버스 드라이버

다가온 여자를 밀어낸다. 거울 위에 붙은 시계 바늘은 약속 시간에서 십칠 분 가량 지나 있었다.

"어쩌나, 아직 안 오셨는데요."

두 손을 부비며 난처해하는 여자의 표정에는 이미 다른 무엇인가를 예감하고 있는 듯했다.

"그럼 잠시 나갔다가 올게요."

봉애는 사무적인 태도를 만들며, 애써 목소리를 높였다. 그러나 차가운 그 무엇이 척추 끝으로 휘익 빠져나가는 것을 느낀 다음이었다.

그녀는 식당 앞에 잠시 서 있다가 플라자 쪽으로 주춤주춤 걸어갔다. 쇼핑센터 광장에는 그가 아는 사람들이 많았다. 푸른 제복을 입은 경비원들과 형광색의 손 막대를 흔들고 다니는 차량 담당자들. 그리고 입구와 광장에 진열대를 펼쳐놓은 여러 명의 업주들. 버스가 쉬는 짧은 시간 동안 그는 그들 사이에 우뚝 서 있곤 했다. 주변의 작은 낌새나 사람들의 미세한 눈 돌림 하나까지도 놓치지 않고 앞으로 달려 나갈 태세를 갖춘 상인들 틈에서 그만이 홀로 이 세상과는 아무런 상관도 없다는 듯이 표연히 서 있었다.

그 어떤 것도 보지 않고, 듣지 않고, 무연히, 자기만을 바라보던 남자.

 교각처럼 완강한 두 다리는 몇 단 위로 올라간 계단 위에서 한쪽 다리에 힘을 실어 비스듬히 서 있고 어깨에서 타원으로 내려온 그의 두 손은 넉넉하게 부풀어 오른 둥근 골반 위에 걸쳐져 있다. 그리고 이제 마악 나오기 시작하는 중년의 복부. 그에 비해 군살 하나 없이 선명하고 깐깐한 그의 얼굴은 이 모든 풍요롭고도 육감적인 육체를 군림하듯이 내려 보고 있다. 좀은 오만하고 냉소적이라고밖에 할 수 없는 표정을 지으며.
 자기가 얼마나 매력적인가를 알고 있는 인간만이 지을 수 있는 거만함과 한편으론 이 모든 것을 초극해서 덮어버리려는 무심함이 함께 뒤섞이고 혼동된 채로.

 그러나 바람 탓인가. 늘 은성하게 북적이던 광장은 비어버린 듯 조용했고 점심시간 동안 제각기의 노선에서 놓여난 셔틀버스들은 한가롭게 늘어서 있었다. 그의 손 안에서 언제나 기름 묻은 짐승처럼 민첩하게 움직이던 푸른 버스도 어수선한 햇볕 속에 하나의 간판처럼 서 있을 뿐이었다.

폭포처럼 쏟아지는 눈물

시내버스의 좌석에 허리를 붙이자마자 눈물이 나왔다. 살아 있는 실뱀처럼 각막을 뚫고 스르르 흘러나오는 따뜻한 액체. 좁은 공간의 택시를 타지 않은 것이 다행이었다. 그녀는 가방에서 손수건을 꺼내 눈물을 닦았다.

끝난 것이다. 이렇게.

마침내 이 시간이 올 것임을 그녀는 진작부터 알고 있었다. 때로는 이 시간을 앞당기기 위해 발을 동동 굴리기도 했다. 하지만 이렇게 아무것도 아닌 상태로 끝나기를 바랐던 것은 아니었다. 그녀의 눈에서는 다시금 눈물이 흘러내렸다. 눈가의 근육을 오므리거나 손수건을 준비할 새도 없이.

아침에 공들인 화장이 속수무책의 눈물에 흘러내렸다. 위로 뻗은 아파트들은 하늘을 가로막은 채 서 있었고 길가의 플라타너스와 은행나무는 어느새 가을로 물들어가고 있었다. 도시의 큰길을 횡으로 자르고 지나가는 간선 도로변의 나무들도 가을볕 아래에서 하얗게 넘어지는 중이었다.

매일 그의 등에 업혀 바라보던 풍경이었다.

유난히 빳빳한 그의 머리카락과 둥근 귓바퀴, 민첩하고도 부드럽게 움직이는 어깨와 팔의 뒷모습만을 바라보며 앉아 있던 그녀에게 차 안의 둥근 좌석은 그의 등이나 다름없었다. 하루에도 몇 번씩 그녀를 향해 달려오던 충직한 버스. 그리고 기꺼이 그녀를 업고 앞으로 달려가던 듬직한 등허리.

"사람들이 보지 않으면 내가 업어서 내려줄텐데……."

그는 위태롭게 버스 계단을 내려서는 그녀에게 말하곤 했었다.

운전대 앞에 멈춰 있는 그의 존재는 멈추어져 있음으로 해서 오히려 터질 듯이 뜨거웠다. 사람들이 보지 않는다면……, 낮은 목소리로 말하는 그의 건장한 팔과 가슴은 운전대 위에 포개져서 낮게 엎드려 있다. 팔 위에 기대어 역시 낮게 엎드려 있는 그의 눈빛만이 쓸쓸하게 빛난다. 한껏 억제되어 있는 그 풍경이 그녀의 가슴을 뜨겁게 달구어낸다.

나는 이미 당신에게 업혀 있어요.

그녀가 앉은 자리의 창문은 늘 조금씩 열려 있었다.

버스를 기다리는 동안 그녀의 심장은 언제나 뜨겁게 부풀어 올랐다. 그리고 불안정한 진동으로 온몸이 떨리기 시작했다. 그녀는 자신을 고정시키기 위해 심호흡을 하며 가슴을 손으로 쓸어내린다.

흐트러진 머리카락을 빗자루로 쓸어내듯이 달려오는 바람.

붉게 달아오른 얼굴을 때릴 듯이 달려들던 바람.

바람만이 위안이었다.

그녀는 언제나 창문을 열어두었다.

넥타이처럼 길게 늘어진 길.

그와 함께 숨소리를 맞추며 기다리고 서 있던 붉은 신호등.

간선도로로 이어지는 사거리 한복판의 긴 신호등 앞에 정차할 때면 그의 눈은 언제나 그녀에게로 달려왔다. 강철이라도 뚫을 듯이 똑바로 직진하며 오는 눈빛.

그리고 푸른 신호등.

차량 물결에 밀려 앞으로 나아가는 버스. 창살처럼 달려오던 눈빛과는 달리 거두어질 때의 그는 천천히, 천천히 우회하여 돌아나갔다. 그를 마주보는 그녀를 오롯이 그의 눈 안에 담을 듯이, 아니면 지극히 객관적인 눈으로 피사체를 탐색해 내듯이.

그의 눈에 대응하여 만나는 것은 또 하나의 눈이었지만 오래도록 아프게 남아 있는 것은 언제나 그녀의 가슴, 그리고 깊은 복부 안이었다. 그곳이 깊게 패이고 저 홀로 넓어져서 언제나 출렁거렸다. 타오르는 갈망, 그리고 멈추어지지 않는 욕구.

이제 차창 밖의 풍경은 낯설게 버려져 있다.

눈물은 스스로 살아서 볼을 타고 내려와 턱 아래에 길을 만들었다. 이제 그녀는 그 눈물을 그냥 내버려둔다.

시내버스 운전사가 백미러를 통해 그녀를 흘끔 바라보았다. 하지만 금방 원래의 시야로 돌아가 전방을 주시해내고 사이드 미러를 통해 옆 차선을 살폈다. 버스 안에서라도 눈물을 흘릴 수밖에 없는 이유는 여러 가지 있을 것이다. 그러나 그녀는 단지 한 남자가 떠났다는 이유만으로 울고 또 운다. 누구도 그녀의 눈물에 대해서 짐작하거나 상상하지 못할 것이다.

현관문에 열쇠를 꽂으면서도 그치지 않던 눈물이 딸깍, 문을 잠그는 소리에 더욱 기세 좋게 쏟아졌다. 그녀는 아예 통곡하기 시작했다. 아이처럼 팔다리를 휘두르며 패악을 치기도 했다. 한참이 지나고 나자 그녀는 자리에 나동그라졌다. 이불 속은 따뜻했고 팔다리는 축 늘어졌으며 머릿속은 텅 비었다.

이제는 잠들 차례였다.

그녀의 삶은 언제나 그랬다.

바늘 끝에 따라오는 실처럼 그것은 고통 뒤에 나오는 당연한 수순이었다. 가파른 감정의 절벽을 따라 피 흘리며 올라가던 마음은 기진맥진하여 쓰러진다. 마침내 그 위로 와서 덮이는 잠. 잠은 늘어진 육신을 이끌고 아래로 사정없이 내려간다. 강한 흡입력으로 마음마저 그 속으로 끌어당긴다. 미련이라는 질긴 끈에 묶인 마음은 빨려 들어가지 않기 위해 끈질기게 저항한다. 그러나 지구를 누르듯 강인한 힘의 잠에게 인간은 마침내 모든 것을 내어주고 만다. 그 무엇도 존재하지 않는 세상, 그러므로 유일하게 평화로운 세계.

그러나 그녀는 벌떡 일어났다. 이불은 사납게 거두어진 잠의 장막처럼 멋대로 구겨져서 밀려났다.

죽었어. 그는 죽어버린 거야.

그는 사라진 것이 아니라 죽어버린 거야. 한마디 말도 남기지 못한 채, 불현듯 다른 세상 속으로 끌려 들어가 버린 것이라구.

으아악, 그녀는 비명을 질렀다.

그가 살아 있음을 믿을 수 없었다. 살아서, 살아 있는 의지로 떠나가 버렸다는 사실을 그녀는 도저히 받아들일 수가 없다.

언젠가는 그에게 다가갈 수 있으리라는 기대.

마침내 그녀 진실이 그의 진실 위에 덧대어 포개지리라는 믿음.

그가 이성적인 생활의 언어로 그녀를 밀어내고 또 밀어내더라도 마침내, 더 이상은 밀어낼 수 없는 꼭짓점에 오르고 말리라는 확신.

타는 눈빛이 그녀를 휘어잡고 모질게 껴안고 있는 한 반드시 정점에 오르고 말리라는 절박한 희망. 올라간 마지막 꼭짓점이 아무리 날카롭고 가파르더라도, 그래서 추락할 수밖에 없다고 하더라도 그녀는 기꺼이 굴러 떨어지고 싶었다. 완벽한 합일상태인 바로 그 정점에서. 반드시.

그 갈증이 그녀로 하여금 미친 듯이 부르짖게 했다.

2

그녀는 털어놓는다, 울면서

그녀는 자기 감정에 휘둘려서 무슨 짓을 하고 있는지 모른다. 아내밖에 모르는 남편에게, 처음부터 끝까지 손가락 열 개, 발가락 열 개를 포개듯이 존재하고, 포개듯이 느끼고 싶어 하는 남편에게 그녀는 눈물로 쏟아놓는다.

처음부터 그럴 작정은 아니었다. 그러나 도망갈 데가 없었다. 남편의 눈이 미치지 않는 공간이란 어디에도 없었다. 퇴근한 남편이 문을 열고 집으로 넘어오는 순간 그녀의 독립성은 사라진다. 오로지 남편과 덧대어진 그녀만이 존재할 뿐이다. 남편이 모르거나 예측하지 못할 그녀의 눈물은 이 세상에 존재하지 않았다. 그녀는 자기 눈물에 대해서 설명하지 않으면 안 되었다. 자업자득이었다.

　무슨 일이냐고 현관에서부터 눈이 휘둥그레진 남편에게 그녀는 말했다. 한 남자 때문이라고. 조금 있다가 다시 덧붙였다. 아마 내가 미친 것 같다고. 그 말을 할 때는 희죽 웃기까지 했다. 그녀의 얼굴은 눈물로 반죽된 이스트 빵처럼 부풀어 올랐다. 물을 빨아들인 해면체처럼 흐물흐물해진 눈꺼풀 아래에서 두 눈이 희죽 웃으며 옆으로 일그러질 때는 야릇한 광채까지 튀어나왔다.
　남편은 시선을 옆으로 돌렸다. 피할 수 있으면 피해야 한다.
　출근하기 위해 나갔던 아침부터 짧은 하루 동안 무슨 일이 일어났단 말인가? 그는 상황을 받아들이고 정리하기 위해 애를 쓴다. 그러나 그전에 불길한 예감이 먼저 그를 넘어뜨린다. 그는 정신을 차려서 욕실로 갔다. 매일 저녁 회사에서 돌아와 하던 것처럼 바닥에 엎드려 손을 씻고 얼굴을 씻었다. 그리고 역시 늘 하던 대로 허리 보호대가 있는 의자에 몸을 깊숙이 기대고 앉았다. 오른손이 닿는 문갑 위에 언제나 놓인 리모컨으로 텔레비전까지 켰다. 아홉 시 뉴스에 이어 일기 예보가 시작되고 있었다. 서해 바다의 강한 저기압 형성으로 내일은 전국적으로 심한 구름이 예상된다고 했다. 늘 보던 여자 아나운서였다. 얼굴보다 어깨가 더 작아 보이는. 그는 심한 구름이라는 말에 발작적으로 기침을 쏟았다. 시내의 공기는 점점 더 나빠져갔다. 사무실에 출근하자마자 최루탄을 마신 듯이 시작되는 재채기의 횟수는 점점 더 늘어났다. 처음에는 한두 번으로 목구멍이 시원해지기도 하더니 점점 발작적으로 심해져 어떤 때는 가슴이 빠개질 듯이 아프기도 했다. 저기압인 날은 증상이 훨씬 더 심해지는 것이었다. 그는 리모컨 옆에 놓인 유리컵에서 물 한 모금을 마셨다.

무슨 일인지 이야기해 봐. 어디엔가 뱉어놓아야 할 이물질처럼 아까부터 계속 목구멍에서 뱅뱅 돌고 있었지만 한편으로는 영원히 내놓고 싶지 않은 말이기도 했다. 뺨까지 붉게 부풀어 오른 그녀는 좀 전의 솔직성과는 달리 그의 눈을 피하여 옆으로 돌아앉아 있었다.

무슨 일인지 이야기해 봐. 그의 목소리는 오랫동안 한 번도 벌어져 본 적이 없었던 구멍에서 새어나오는 것처럼 꺽꺽거렸다.

그녀는 남편을 향해 마주 앉았다. 어두운 갈색 장롱이 늘어진 그녀의 등을 받쳐주었다. 나도 알 수 없는 일이에요. 왜 이렇게 되어버렸는지. 아무래도 내가 미쳤다는 것 말고는 할 말이 없어요. 그녀는 절망적으로 중얼거렸다. 꺼진 불씨처럼 희미한 눈은 어둑씬하게 내려온 눈꺼풀에 가려져 있다가 가끔씩 이상한 광채로 번뜩였다. 그런데 말이에요. 내가 미친 것은 분명한데, 그렇다면 말이에요. 나를 미치게 하는 이 정체가 무엇이냐는 거죠. 그녀는 몸의 긴장을 참을 수 없는 듯 어깨를 비틀었다.

그런 식으로 돌리지 말고 있었던 사실 그대로 말해 봐. 남편의 목소리는 아래로 더 잠겼다. 그래서 더욱 단호하게 들렸다.

그래요, 있는 그대로. 그녀는 심호흡을 했다. 그 남자는 내가 운동하러 다닐 때 타고 다니던 쇼핑센터의 셔틀버스 운전기사였어요.

그 순간 굳어 있던 남편의 얼굴에서 눈썹이 벌떡 일어섰다. 도대체 틀이라곤 없는 여자라는 것을 모르고 있었던 것은 아니었다. 선악의 개념도, 정당함과 정당하지 않음의 기준도 그녀한테 들어가면 이상하게 혼용되고 와전될 때가 한두 번이 아니었다. 그렇더라도 그녀 나름대로의 철학이 있었고 판단기준이 있다고 믿었다. 불안한 기분을 감출 수 없을 때에라도 그걸 믿으려고 애썼다.

그의 손아귀가 저절로 움켜쥐어졌다. 우리가 어떻게 만들어
온 가정이던가. 그 과정이 어려웠던 만큼 자신과 아내와의 신의
를 배반하는 일이란 평생에 없는 일일 줄 알았다. 그는 억지로
추슬러 온 자신이 일시에 깨어져 나가는 것 같다. 그러나 그는
내색하지 않는다. 대신 경멸의 눈으로 그녀를 본다.

그녀는 그의 눈빛을 단박에 알아본다. 누구보다 정신적인 귀
족이기를 자처하는 남편. 그는 책과 레코드와 화집을 모으고 컴
퓨터를 컴퓨럴이라고 발음을 공명시키는가 하면 클래식 음악의
한 구절에도 단박에 곡 전체를 기억해내는 사람이었다. 자기의
음성을 테이프에 녹음한 다음에 다시 꼼꼼히 새겨듣고는 잘못
되어진 논조와 발음까지 정확하게 고치는 사람. 그녀는 남편의
그런 점을 존중했고 한편으론 지겨워했다.

그래요, 그래서 더 힘들었어요. 도대체 고집불통인데다 내가 가
지고 있는 정신에 대해서는 아예 이해하려고도 하지 않았어요.

그녀는 한숨처럼 띄엄띄엄 말했다.

더 이상 멀어지지도 가까워지지도 않는 그를 못견뎌하여 알
량한 자신의 신분을 털어놓았을 때에도 그는 여전히 무덤덤했

다. 소설 나부랭이를 쓴답시고 허덕이며 다니는 중이니까, 드러난 외형보다는 감추어진 인간성을 찾아 헤매는 여자니까, 세상의 어떤 구석, 어떤 오지에 굴러 떨어지더라도 놀라지 않을 거니까, 그것을 그 남자한테 말해주고 싶었던 것이다. 나는 용기 있는 여자에요. 어떤 방식으로라도, 설사 동물적인 것이라 할지라도, 단 몇 분의 욕정에 의해서 일어났다가 사그라질 불꽃이라 할지라도, 기꺼이 나를 가지셔요. 내가 원하는 것은 오히려 그것이니까, 당신의 참을 수 없는 욕망과 찰나적이나마 육신을 타고 완벽하게 타오르는 사랑.

뻔뻔스럽고 천박한 여자 같으니, 내가 얼마나 자기의 정신을 높이 평가해주고 귀하게 여겼는데, 그걸 돼지우리 속에 처박고 뒹굴다니. 남편은 일그러진 입술 사이로 담배를 구겨 넣었다.

그런데 내가 왜 미친 듯이 그 남자에게로 빠져들어 가느냐 하는 거예요. 내가 나를 바라보아도 도저히 납득할 수도, 이해할 수도 없는 일이 일어난 거예요. 그녀는 다시 어깨를 심하게 비비 틀었다. 그러나 그녀한테는 당연한 일이 일어났을 뿐이었다. 다만 그동안에 유일한 바람이 있었다면 그 남자를 사랑하는 일이 하나의 통과의례가 되어주기를 바랐을 뿐이었다. 그래서 바람처럼 구름처럼 지나가고 싶었다. 이제는 구겨지고 결핍된 자신에게 더 이상 묶여 있고 싶지 않았다.

그러나 또다시 일방적인 게임 오버.

그녀는 영원한 쳇바퀴에 감겨든 다람쥐처럼 다시 흐느끼기 시작했다.

남편은 다른 여자로 변모되어 있는 한 여자를 본다. 탐욕스러운 갈구와 절망에 사로잡혀, 갑자기 유아가 되어버린 여자.

그의 눈빛은 차가워지고 피부는 싸늘하게 식어갔다.

하지만 아직도 사그라지지 않는 욕망 때문에, 이렇게는 끝내 버릴 수 없는 편집偏執 때문에 그녀는 남편의 노여움을 헤아릴 겨를조차 없다.

그녀에게는 남편의 도움이 필요했다. 어떤 일이 일어났는지, 왜 이렇게밖에 될 수 없었던지, 현명하고도 명확한 남편의 의견을 듣고 싶었다. 사실은 그것보다 더 크고 절박한 도움이 따로 있었다. 이제 남은 방법은 그것밖에 없었다. 남편으로부터 시작되어 남편에게서 끝이 나는.

봉애는 그걸 얻어내기 위해서 그동안의 일을 털어놓는다. 말로써 표현할 수 있는 한, 가장 솔직하고 정확하게 .

  어느 날, 그 남자가 그랬어요. 봉애 씨, 우리 데이트합시다, 라고. 막차를 타고 내릴 때였어요. 버스 안에는 그 사람하고 나밖에 없었거든. 나는 막 웃었어. 그 사람도 웃고. 그런데 그 눈빛이 지워지지가 않는 거예요. 부담스럽기도 하고. 그런데 버스를 안 탈 수도 없고, 그냥 타고 다녔는데……. 아, 어떻게 이야기해야 할지를 모르겠어요. 그녀는 주먹 쥔 손으로 머리를 후벼 파다가 머리카락을 잡아당기기도 했다. 이야기는 천천히 이어진다.

  달리는 버스 속에서의 만남에 대해. 그리고 다른 사람의 눈을 피해 짧은 시간 동안 백미러 속에서 부딪치는 두 사람의 시선에 대해서.

3

버스에 대한 공포

그것은 본능적인 두려움이었다. 폭력에 대한.
한 개인성에 대한 관심이나 배려라고는 전혀 발붙일 수 없는,
황폐하고 무지한 일방적인 질주.
그녀의 육체적인 핸디캡을 이처럼 적나라하게 드러내주는 것
이 또 있을까. 의자에 앉기도 전에, 아니면 미처 내리기도 전에
운전기사의 발밑에서 무심코 밟아지는 액셀러레이터. 달리는
차 속에서 그녀는 몇 번이나 나동그라질 뻔했다.

김미선 장편소설
▬
030

실제로 차문 앞에 서 있다가 뒷좌석까지 날아가기도 했다. 급한 브레이크의 반동이 불쌍한 그녀를 날려버린 것이다. 그녀의 몸뚱이 위에 쏟아지던 시선의 폭포. 육체의 아픔보다 더 깊게 패이며 다가오던 동정심. 어쩔 줄 몰라서 흔들리고 있던 수많은 눈, 눈길들. 그건 공포보다 더 지독한 수치감이었다.

그건 그녀에게 어린 날의 한 장면을 떠올리게 한다.
공포심과 수치로 범벅이 된 어지러운 장면.
재득이라는 백치.
그는 바로 윗동네에 살고 있었다. 나이가 얼마인지, 어느 만큼의 백치인지도 모른다. 다만 무섭게 일그러진 얼굴과, 엉덩이에서 치렁거리고 있는 검은 머리카락과 쭈글쭈글한 피부가 그를 대변하고 있을 뿐이다. 그리고 그에 대한 무성한 소문들이다.
그는 머리 깎는 것을 두려워한다고 했다. 가위를 보는 것만으로도 한나절씩 쉬지 않고 비명을 질러댈 수 있다고 그랬다. 잠속에서도 벌떡 일어나 온 동네를 미친 듯이 뛰어다닌다고 했다. 이 모든 것이 머리카락 훼손에 대한 공포심 때문이었다. 어찌된 셈인지 사람들은 그걸 재미있어 했다. 어른들의 표현에 의하면 말만큼 자랐다는 아가씨들이 특히 담 너머로 고개를 내밀고 깔

깔대며 놀려먹곤 했다. 재득아, 머리 깎아라. 머리 깎으면 장가
보내 줄게.

운율까지 붙여 처녀들이 노래 부를 때마다 재득이는 짐승같
이 날뛰며 닥치는 대로 돌멩이를 휘둘렀다. 그러나 재득이는 다
리까지 절뚝거리는 처지여서 그들을 대항하기는커녕 돌멩이까
지 엉뚱한 데로 날려 보내기가 일쑤였다. 그것까지 재미있다고
아이들은 재득이 꽁무니를 하이에나 떼처럼 쫓아다녔다.

그 무렵이었다.

봉애는 아이들과 둑에서 새로 올라온 삘기를 뽑고 있는 중이
었다. 띠풀의 삘기는 꽃대가 피어나기도 전에 속에서 먼저 올라
오는 새순으로 맛이 연하고 달달해서 봄철 한때 아이들의 인기
있는 놀이이자 간식거리였다.

그때 누군가가 속삭였다. 재득이다. 재득이가 왔어. 그 순간
그녀의 가슴이 덜컥 내려앉았다. 아이들은 결코 재득이를 그냥
내버려두지 않을 테니까. 아이들은 오랜만에 먹잇감을 발견한
야수들처럼 눈을 빛내기 시작했다. 그냥 놔 둬. 놀리지 마. 그녀
의 목소리는 두려움에 가득 차 있다. 그러나 아이들의 눈길은
이미 재득이한테 한껏 쏠려 있다. 제발 오늘만은 그러지 마. 재

득이가 쫓아오면 말려줄 어른도 없는데 어떡할 거야. 그녀는 거의 애원하다시피 했다. 쿵쾅거리는 가슴으로 재빨리 주변을 돌아보았지만 몸을 숨길 곳은 그 어디에도 없었다. 염소를 몰고 풀을 먹이러 나온 재득이는 둑방 위쪽에 서 있었고 아이들은 한 칸 내려온 아래쪽에 옹기종기 앉아 있었다. 그 아래는 이제 막 모심기를 끝낸 푸른 논과 좁은 논두렁길이었다. 가득 채워진 논물에는 투명한 햇빛이 비닐처럼 미끄럽게 일렁거리고 있었다.

재득아, 머리 깎아라. 누군가의 입에서 먼저 나지막한 소리가 새어나왔다. 아이들은 아직 풀밭에 엎드린 채였다. 그 순간 아이들의 눈길은 일제히 재득이를 향해 집중되었다. 그러나 재득이는 풀밭에 풀어놓은 흙염소를 쫓아다니느라고 윗둑에서 껑충거리고만 있었다. 한 번의 시도가 불발탄으로 끝나버린 것을 알자 아이들의 목구멍은 더 간질간질해졌다. 이제는 늦출 수도 중단할 수도 없었다. 아이들은 약속이나 한 듯이 날렵하게 몸을 일으키며 위를 향해 일제히 소리를 지르기 시작했다. 재득아, 머리 깎아라. 재득아, 머리 깎아라. 머리 깎으면…….

먼지와 검부락지로 범벅이 된 재득이의 긴 머리채가 성난 황소의 꼬리처럼 옆으로 휙 돌아갔다. 그리고 벼락같이 소리를 지르며 아래를 향해 뛰어오는 것이 보였다. 때 묻은 한복 속에서

버스 드라이버

쩔뚝거리며 흔들리는 그의 몸뚱이는 근처의 공기를 혼돈과 무질서의 세계로 삽시간에 밀어 넣었다. 어디서 여자아이의 외마디 비명소리가 들렸다. 아이들은 두 손과 두 발을 풍차처럼 돌리며 이미 둑을 뛰어 내려간 다음이었다. 길게 뻗은 논두렁길이 뱀의 비늘처럼 어지럽게 어른거렸다.

혼자 뒤쳐진 그녀는 그 순간을 어떻게 모면해 나왔는지 기억에 남아 있지 않다. 다만 그녀를 무너뜨리고 미친 듯이 뛰어오르는 심장 박동과 아무리 달려도 나아가지 않는 두 다리, 그리고 좁혀지지 않는 논두렁길이 미끄럽게 뻗어 있을 뿐이었다.

그녀 집이 바라다 보이는 큰길가에 도달했을 때에 땀과 눈물과 흙으로 얼굴은 범벅이 되어 있었다. 뇌성벼락처럼 휘몰아치던 재득이는 어딜 간 것일까, 조금 전의 일들이 모두 꿈처럼 여겨졌다. 하얗게 빛나는 햇빛도, 집들도, 산등성이도, 종이 안에 그려진 그림처럼 납작하게 가라앉아 있었다.

그때였다. 한 남자아이가 나타난 것은. 아니다. 조그만 여자아이 둘이 더 있었다. 손으로 짠 털 스웨터를 입고 두 뺨은 콧물자국으로 반짝거리는 예닐곱 살쯤의 여자아이들이었다.

이것.

남자아이가 손을 내밀었다. 그건 그녀의 지팡이였다. 그녀의 아버지가 길 건너 농집에서 만들어다준 목발. 그것 없이는 한 발짝도 걷지 못했다. 그런데 그녀는 긴 논둑을 가로질러와 두렁 과 길가의 경계에 기대어 쓰러져 있었다. 그 앞에 어떤 낯선 남 자아이가 그걸 들고 서 있는 것이다.

이것도.

콧물이 반짝거리는 여자아이가 앞서 말한 오빠의 흉내를 내 어 한 손을 그녀 앞으로 내밀었다. 아이의 작은 손끝에 달려 있 는 것은 고무신이었다. 젖은 흙에 진창이 된 고무신 한 짝.

그녀는 두 눈을 감았다. 굼벵이처럼 흙속으로 뒹굴어온 모습 으로 그들 앞에 뭉쳐 있느니 차라리 하얗게 부서지거나, 아니면 연기처럼 깨끗이 사라지고 싶었다.

급한 브레이크에 미끄러져 버스의 뒤에까지 날아갔을 때, 그 녀는 팔꿈치에 흐르는 붉은 피와 이마의 식은땀을 알아볼 사이 도 없이 먼저 오싹해져 있었다. 그날, 그녀 앞에 서 있던 그 아 이들이 이제 남자 어른이 되고 여자 어른이 되어 여전히 민망하 고도 당혹스런 눈빛으로 그녀를 내려다보고 있는 것 같았다.

너는 도망가지 않아도 되는데. 아무리 불러도 못 알아듣고 그냥…….

남자아이가 그녀 앞에 목발을 내려놓으며 말했다.

그렇다면 백치 재덕이한테도 놀리는 아이와 놀리지 않은 아이를 분별해 낼만한 머리가 있었단 말인가. 그러기에는 아이들이 한 떼의 짐승들처럼 뭉쳐져 있었고 또한 그 사실을 말할 새도 없이 재득이의 분노는 폭탄처럼 급박스레 쏟아져 내렸다.

재덕이의 판단력을 어떻게 믿을 수 있을 것인가, 그 의심이야말로 곧바로 두려움과 공포로 이어졌고 그녀의 눈과 귀를 막아버렸다.

남편과 결혼하겠다고 했을 때 그녀의 어머니가 그랬다.

"미쳤구나. 네 한 몸도 꾸려나가기 어려운 판에 또 그런 사람을 만나 무슨 수로 살아가겠다는 거냐?"

그녀의 어머니는 거의 경악하고 있었다.

"서로 말이 통하면 그걸로 된 거지, 뭘 더 바라겠어요."

그녀의 대답은 단호했다. 그건 끊임없이 이 세상을 의심하고 있는 자신으로부터의 일차적인 도피였다. 언어가 통하고 싶은 욕구. 서로 통하는 데에 이르고 싶은 강한 열망. 그것은 바로 일방통행적인 폭력에 대한 말할 수 없는 두려움과 공포 때문이었다.

"아무래도 제정신이 아니구나. 세상을 너 혼자서 사는 거냐?"

고집스레 버티는 딸 앞에서 어머니가 부르짖었다.

달리는 버스야말로 의사소통의 완벽한 부재였다.

오로지 앞을 향해 달리는 무거운 차체와 불특정 인들의 어깨에 가려진 한 개인의 철저한 소외.

이제는 어른 남자와 어른 여자가 된 그들이 버스 바닥에 처박혀 있는 그녀에게 이렇게 속삭였다.

너 죽지 않고 아직 살아 있었구나.

버스 드라이버

4

버스와 드라이버

봉애는 두통을 느끼며 버스를 기다리고 있었다. 온몸이 뿌리째 흔들리는 것 같은 두통이다. 두 눈은 심한 긴장으로 빨갛게 달아올랐다. 그녀는 심호흡을 하려고 애를 쓴다. 검지와 중지 손가락으로 미간을 몇 번이나 반복해서 눌렀다.

그녀는 몇 년 만에, 아니 몇십 년 만에 버스를 기다리고 있는 중이다. 그동안에 버스라는 불가항력적인 존재는 그녀에게서 완벽하게 제외되어 있었다. 그런데 지금 그녀는 그것을 다시 삶

속으로 끌어들이려 하고 있다. 한동안 타고 다녔던 승용차는 직장을 그만둔 다음 해에 처분되었다. 한 달에 한두 번 있을까 말까한 바깥출입은 택시나 지하철로 해결되었다. 그렇지만 지금부터 시작되는 외출은 일주일에 서너 번씩 정기적으로 치러 지지 않으면 안 된다. 몸이 삐걱거리는 것을 느끼기 시작한 몇 년 전부터 몸수련센터에 나가고 싶어 했으면서도 차일피일 했던 것도 교통편 때문이었다. 이제는 더 이상 미룰 수 없는 한계에 도달했다.

"아시죠? 기본적인 기력이 너무 없다는 것을요. 몸을 물 항아리에 비유하시면 이해하기 쉬울 거예요. 약간 빈 항아리는 물을 조금만 채워도 금방 차오르지만 아주 비어버린 것은 아무리 부어도 쉽게 올라오지 않는 이치와 같은 원리죠."

젊은 여자 한의사는 그렇게 말했다.

빈 항아리. 다시금 채워지지 않는다면 뒤집어서 장독대 뒤로 치워놓을 차례가 된 것이다.

그녀는 지금 쇼핑센터 셔틀버스를 기다리고 있다. 일반버스를 대신해서 찾아낸 그녀의 고육지책이었다. 서울근교에서 운행되고 있는 그것은 얼마 전에 터진 IMF 여파로 뜸해진 고객을 끌기 위해 쇼핑센터에서 급조한 셔틀버스였다.

봉애한테는 오늘이 그 첫날이다.

그녀는 손가락으로 눈시울을 누르면서도 여전히 버스가 달려올 지점을 놓치지 않고 끈질기게 바라보고 있다. 옆에 서 있는 여자들은 또 다른 여자와 이야기에 빠져 있거나 아니면 데리고 나온 아이들과 실랑이에 여념이 없었다. 오로지 봉애 그녀만이 버스가 달려올 길 쪽으로 눈을 박고 있다.

토털 플라자, 라고 쓰인 푸른 차체가 드디어 그녀 앞에 와서 멈추자 예닐곱 살 된 남자아이 둘이 냉큼 그녀를 앞질러 올라갔다. 뒤를 따라 오르던 젊은 여자가 봉애를 보더니 한 걸음 뒤로 물러서 준다. 계단을 조심하기 위해 고개를 숙인 그녀는 여전히 숙인 자세로 인사를 한다. 안녕하셔요? 그러나 그 말은 입속에서 사라지고 만다.

그는 앞만 바라보고 있다.

다행히 차는 복잡하지 않았다. 앉은 좌석보다 빈자리가 더 많았다. 그녀가 앞에서 세 번째쯤의 자리에 앉았을 때 버스는 아파트의 긴 방음벽을 돌아서 나가고 있는 중이었다. 백미러에 비친 남자의 얼굴은 후덕하거나 인상이 좋다는 식의 느낌과는 거리가 멀었다. 오히려 무관심하고 냉정해 보이는 편이었다. 운전석 옆의 출입구로 끊임없이 사람들이 오르내려도 다정한 눈빛은커녕 무연한 시선 한 번 띄우지 않았다. 검은 선글라스 아래 드러난 그의 이마와 날카로운 콧등은 오로지 앞을 향해서만 정좌해 있었고 단단해 보이는 그의 턱과 입술은 완강하게 닫혀 있었다.

지금으로선 그 남자에게 어떤 기대도 가질 수 없었다.

그녀는 대신 차창 밖을 바라본다. 수많은 차들이 바쁘게 달려가고 반대편에서도 수많은 차들이 질주해오고 있다. 그녀는 축축해진 자기 손바닥을 폈다.

모든 것이 잘 되어갈 것이다.

그녀는 스스로한테 말했다.

잊지 말고 기억해야 할 것 하나. 새로운 일에 부딪칠 때마다 본능적으로 움츠러드는 두려움에 비해 현실은 막상 너그러운 편이라는 것. 그러나 몸의 세포는 벌써 얼어붙었고 딱딱해졌다. 그녀는 손바닥으로 가슴에서 복부 쪽으로 가만히 쓸어내렸다. 괜찮아. 모든 것이 잘 되어 갈 테니까. 지금은 확실히 잘 되어가고 있는 중이라는 걸 너도 알고 있잖아?

버스 드라이버

그녀는 최근에 일어난 일들을 다시 한 번 떠올렸다.

그건 그녀의 의도와는 전혀 상관없이 일어난 일이었다.

그저 몸이 움직였다. 생각이나 의지가 없이도 움직일 수 있는 것처럼 몸이 순전히 스스로의 욕구와 스스로의 의사의 의해서 살아 있었던 것이다. 그 순간의 몸은 완전히 독립된 생명체였다. 두뇌의 지시나 명령을 받아서 움직이는 몸이 결코 아니었다.

그날 아침, 그녀는 가만히 앉아 있었다.

다른 날과 같이 옷을 벗은 채 홑이불을 뒤집어썼다가 벗기를 반복하는 풍욕을 끝낸 다음이었다. 그녀는 반가부좌 자세로 앉아 두 팔을 들어 올려서 손끝을 마주대고 조용히 앉아 있었다. 감은 두 눈 사이로 작은 시냇물 같은 빛살이 흘러가고 갖가지 단편적인 상념도 일어났다가 다시 흘러갔다. 몸도 마음도 고요하고 적막했다.

이때 갑자기 몸이 꺾어지기 시작했다. 먼저 머리가 힘없이 아래로 툭 쳐지더니 다음에 어깨가, 그리고 가슴과 복부가 차례대로 툭툭 꺾여 방바닥을 향해 내려앉았다. 마치 누가 있어서 등의 척추 마디를 차례차례 부러뜨려주는 것 같았다. 그러나 불쾌한 통증은 일어나지 않았다. 척추가 꺾일 때마다 아픔이 없는 것은 아니었지만 마땅한 곳에서 꺾이는 것처럼 지극히 당연한 느낌이었다. 어느새 허리가 구십 도 가까이 꺾여져서 머리도 방바닥까지 내려와 있었다.

어어, 상황을 미처 헤아려볼 새도 없이 굽혀진 허리 안에 잔뜩 오그라들어 있던 배가 안쪽으로 강하게 밀려들어갔다. 힘찬 주먹 같기도 하고 바람 같기도 한 어떤 힘이 뱃살을 등 뒤에 찰싹 붙을 때까지 강제로 밀어붙였다. 그 압박의 강도가 어찌나 심한지 한 모금의 숨도 쉴 수가 없었다. 그리고 얼마나 지났을까, 꺾였던 척추가 천천히 펴지기 시작했다. 누구의 손이 몸을 들어서 올려주는 것처럼 굽혀졌던 등이 위로 반듯하게 다시 세워졌다.

반듯이 펴진 등은 이제 반대로 뒤를 향해 휘어지면서 복부가 풍선처럼 부풀어 앞으로 튀어나왔다. 똑같은 과정이 몇 번이나 반복되어 일어났을 때에라야 그녀는 그것이 단전호흡이라는 것을 비로소 알았다. 앞으로 엎드릴 때는 숨이 깊이 내쉬어지고 뒤로 젖혀질 때는 방안의 공기를 다 들어 마실 듯이 깊은 숨이 저절로 들이쉬어졌다.

몸은 거기에서 멈추지 않았다.

큰 숨이 멈추고 나자 다시 허리가 접어지면서 머리가 방바닥

버스 드라이버

에 가 닿았다. 그리고 양손이 점점 위로 활개치듯이 뻗어 올라가더니 그때까지만 해도 가부좌 자세로 포개져 있던 다리가 마치 뿌리라도 내리듯이 아래로 내려갔다. 결국은 바닥에 엎드린 채 사지를 쭉 뻗은 자세가 되었다.

봉애는 어째서 몸이 이런 자세를 만들었는지 이해할 수 없었다. 다만 몸이 움직이는 대로 거부하지 않고 따라가고 있었을 뿐이었다.

그리고 이, 삼 초가 지났을까. 항문이 빠른 속도로 움직이기 시작했다. 조이고 풀리기를 거듭하면서 그것이 움직일 때마다 부실한 다리의 근육도 따라 움직이기를 시작했다. 그러더니 다리의 허벅지 근육이 점차 더 세게 운동을 해나갔다. 마치 보이지 않는 어떤 손이 큰 스프링을 돌리고 있는 것처럼 허벅지 근육의 왼쪽에서 오른쪽을 향해 태풍처럼 세차게 뚫고 지나가는 느낌이 왔다. 조금 뒤에는 움직이기 아주 어려운 물체를 움직일 때처럼 근육을 들고 십 초나 이십 초 동안 긴장상태로 멈춰 있다가 어느 순간 탁 풀어졌다. 이 모든 과정이 완벽한 안마를 받을 때처럼 시원하고 경쾌했다.

그러고는 다리 전체가 후드득 떨리는 진동을 하기 시작했다. 잠깐 동안이었는데도 허벅지 위에서 발끝까지 커다란 구멍이 뻥 뚫리고 거기를 통해 회오리바람이 나선형을 만들면서 휘돌아 나갔다.

그리고 다시 긴 숨이 내쉬어졌다. 온몸이 한 올 한 올 부드럽게 풀어지는 느낌.

풍욕을 하느라고 방바닥에 펴놓았던 홑이불을 당겨서 몸을 덮었다. 천진난만한 아이로 돌아간 듯한 따뜻하고 안온한 느낌이 그녀를 둘러쌌다. 얼굴에 저절로 웃음이 번져나더니 깊은 잠으로 빠져 들어갔다.

그녀는 다음날 돌아오는 버스에 앉아 있었다. 첫날 수련센터에서 돌아올 때는 긴장을 이기기 힘들어 택시를 이용했다. 오늘은 일찌감치 자리를 잡고는 버스 안에서 일어나는 일거수일투족을 지켜보기로 했다.

버스가 정차하는 순간 강제된 브레이크의 힘을 이기지 못해 부르르 떨리는 차체. 그것과는 상관없이 문이 열리고 그 순간 하강하는 새들처럼 허공을 향해 내리꽂히는 날쌘 다리들.

학교 앞 내리막길로 들어선 버스는 구르듯이 앞으로 내달리다가 마지막 신호등 앞에서 멈추어 섰다. 그때 봉애가 출입구쪽으로 나가 의자 등받이의 손잡이를 잡고 섰다. 잡은 손등 위

버스 드라이버

로 푸른 힘줄이 솟아올랐다. 신호를 받아 좌회전을 하면서 차체가 한쪽으로 기울어지자 그녀의 손목은 더욱 억세어진다. 차체보다 더 심하게 기울어지는 몸을 오로지 손목의 힘만으로 균형을 잡고 있는 그녀의 힘줄이 검푸르게 솟아올랐다.

커브 길에 들어선 차가 넓은 공터의 세차장을 지나고 저층 아파트 단지를 지났다. 그러고도 몇 미터를 더 간 연후에야 삼거리에 이른다. 그때서야 사람들은 하나 둘 자리에서 일어났다. 그동안 차에 내내 서 있었던 사람은 봉애 그녀뿐이다.

버스는 베이커리의 간판 앞에서 멈추어 섰다. 후드득거리는 떨판이 멈추기도 전에 버스의 문이 활짝 열렸다. 문 앞에 선 그녀는 아직 꼼짝하지 못한다. 뒤에 서 있던 여자가 그녀를 지나쳐 먼저 아래로 내려섰다. 그러고도 한두 사람이 더 내릴 만한 여분의 시간이 그냥 지나간다. 그러나 아무도 움직이지 않는다. 완벽한 정지. 그리고 불안하게 떨리고 있는 침묵.

그 당사자가 바로 자신이라는 것 때문에 그녀는 다시 한 번 좌절감과 부끄러움을 느낀다. 하지만 그건 이미 몸에 걸쳐진 옷처럼 오랫동안 함께 살아온 것이었다. 그녀는 그것에 익숙해지려 애쓰며 발판 아래로 느리게 내려섰다.

고맙습니다.

그녀는 등 뒤에 있는 그에게 인사를 남겼다.

—니다, 라는 마무리 부분에서 음성이 떨려 나오지 않기를 바라며. 그러나 그녀의 목소리는 어김없이 떨리고 있었다.

그는 대꾸 하지 않았다. 그의 상체는 핸들 위에 올려놓은 팔꿈치에 기대어 앞으로 약간 비스듬히 숙여져 있었다. 그 바람에 그의 눈도 사십오 도쯤 기울어진 앞범퍼에 고정되어 있다. 그러나 거기에는 무표정하거나 무감각하다고는 여길 수 없는, 어떤 팽팽한 긴장감 같은 것이 숨어 있었다. 심한 자의식의 표현이거나 아니면 다분히 의도적인 것 같은.

다음날도 그의 표정은 변치 않았다. 하지만 그녀는 약간이나마 여유를 회복한 다음이었다. 셔틀버스는 일반버스에 비해 확실히 이점이 있었다. 우선 백화점 앞에 도착하거나 출발할 경우에는 완전히 정차한 후에 오르내리게 되니까 그녀로서도 바쁘게 서둘러야 할 필요가 없었다. 또 출입구가 일단 운전기사의 옆에 있기 때문에 돌발적인 상황에 대한 불안감이 훨씬 덜했다.

돌아오는 길에 그녀는 음료수 한 상자를 운전석 옆에 내려놓았다.

여전히 그는 눈길 한 번 옆으로 돌리지 않는다. 오로지 핸들

버스 드라이버

앞에만 시선이 고정되어 있다. 그녀는 그의 침묵이 너무 고집스
럽게 유지되고 있음을 느낀다. 불규칙하게 오르내리는 승객과
한 자리에 붙박인 운전기사로서의 밀접한 관계를 찾아볼 수 없
다 해도 거기에는 어딘지 억지스러운 힘이 들어가 있다. 상대편
을 무시하거나 소외시키고 있는 듯한. 그러나 소외를 당하고 있
는 쪽은 오히려 그쪽이었다. 굳게 다물린 입과 냉정한 시선은
구태여 세상을 저만치 밀어내고 홀로 떨어져 있으려고 고집을
부리는 것 같았다. 패배나 상처 자국에서 느낄 수 있는 좀은 어
둡고 고독해 보이는. 더구나 그의 얼굴은 상당히 수려한 편이어
서 보기에 따라 어떤 품격까지 느껴지게 한다. 그것이 더욱 패
배의 냄새를 짙게 한다. 그는 신호등 앞에 정차해 있을 때면 자
주 운전석의 자리 안쪽으로 상체를 구부려 넣었다. 일차적으로
실직한 경험이 있는 가장? 아니면 파산한 중소기업 사장? 봉애
는 나름대로 짐작해본다. 상처에 대한 본능적인 직감 같은 것이
다. 동질적인 냄새에 재빠르게 이끌리는 지극히 동물적인 반응.

  몸은 나날이 새로워져 갔다.
  이리저리 몸이 저절로 뻗쳐져서 막혔던 경락이 열리고 오그
라든 힘줄이 새로이 늘어나 사시나무처럼 떨리기도 하고 때로

는 손바닥으로 온몸을 탁탁 치고 싶어지기도 했다. 그때마다 몸 속에서 무엇인가가 시원하게 빠져나갔다. 그리고는 머리끝과 손끝으로 맑은 기운이 들어왔다. 그건 밝은 햇빛가루 같기도 하고, 따뜻하고 끈끈한 점액질 같기도 했다. 그러고 나면 뱃속에 태풍이 한번 휘몰아친 것처럼 큰 숨이 몰아쉬어졌다. 그리고 빠져드는 노곤한 잠.

몸이 나를 안아주는구나, 편안한 잠 속으로 빠져 들어가며 그녀는 중얼거렸다. 저절로 얼굴이 펴지고 거기에 어떤 웃음이 새겨졌다.

이제 몸이 위로하고 있었다.

언제나 버려두었던 몸. 할 수만 있다면 존재 자체를 깨끗이 지워내고 싶어 했던 몸. 몸을 버림으로써 비로소 자유로워질 수 있다고 믿었다.

언제나 슬픔만을 가져다주던 몸이었다. 어머니의 등에 업혀서 가장 먼저 배운 것이 슬픔이었다. 흐느낌으로 떨리고 있는 깊고 깊은 슬픔. 그건 언제나 어머니의 등을 통해 가슴으로 전해졌다. 세상은 결국 크나큰 비애의 덩어리로 뭉쳐져 있다 라는 것을, 그것의 가장 깊은 원인이 바로 자기 몸에 있다는 것을 그

녀는 첫돌을 넘기자마자 배우기 시작한 것이다. 혼자서 걷지 못
하는 몸. 혼자서는 결코 바로 설 수 없는 몸.

그 몸이 이제 그녀를 안아서 위로하고 있었다.

그녀는 몸 안의 세포 하나하나를 다 쓰다듬어주고 싶었다. 그
리고 손끝으로, 발끝으로는 그 무엇인가를 털어내고 있었다. 오
랫동안 몸 안에 고여서 썩어가고 있던 그 무엇이 실지로 몸 밖
으로 빠져나갔다. 세포는 새로워지고 몸뚱이는 다시 태어나려
고 기지개를 켜기 시작했다.

그가 버스 앞에 서 있었다

버스가 출발하기까지는 십여 분이 남아 있었다. 대부분의 좌
석들은 아직 비어 있는 채로였다. 버스 앞의 오른편 귀퉁이에
서 있는 그는 이제 막 차에서 내린 것 같은 자세로 나이든 동료
기사와 이야기 중이었다. 운전석에 딱딱하게 앉아 있던 자세와
는 달리 광장을 배경으로 서 있는 그의 몸은 편안하고 부드러워
보였다. 약간 옆으로 기울어져서 상대방을 바라보는 몸의 옆선
을 따라 아래로 부드럽게 늘어진 두 손은 양쪽 골반 위에 얹혀

있고 한쪽 다리에 실린 몸의 중심은 왼쪽으로 기울어져 있었다. 그래서 그의 전체적 형태는 한없이 한가롭고 느긋해 보이는 상태이다. 이야기는 동료가 주로 하고 그는 듣는 편이었다. 이야기의 강약에 따라 가슴 앞에서 움직이고 있는 상대방의 두 손을 그는 소리 없이, 약간의 미소를 띤 채 바라보고 있는 중이었다.

그 모습을 보고 있는데 갑자기 그녀는 의아한 느낌에 사로잡힌다. 바지 속에 들어간 그의 체크무늬 면 셔츠의 허리가 위로 두두룩하게 올라와 있는 것이다. 운전석에 앉아 있을 때의 그의 얼굴은 깎아 놓은 조각처럼 군살 하나 붙어 있지 않았다. 머리 뒷부분에서 날씬하게 이어진 목선과 어깨선 뿐 아니라 둥근 선을 그리며 그어진 귓바퀴조차 알맞게 여물어 헛살이라고는 찾아볼 수 없는 외형이었다. 그런데 그의 복부가 날렵해야 할 선을 무너뜨리고 불룩한 것이 굉장히 어색하게 와 닿았다. 더구나 그의 엉덩이도 남자의 것치고는 지나치게 컸다. 그녀는 지금까지 한 번도 맞닥뜨린 적이 없던 광경 앞에 서 있는 것 같다.

지난날 그녀가 끌렸던 남자들은 한결같이 바지가 헐렁거리는 치들이었다. 그들은 하나같이 말라서 허리띠가 골반뼈 위에 걸쳐져 있었다.

그녀는 생래적으로 큰 엉덩이에 저항감을 가지고 있었다. 특히 남자에 대해서는 더욱 그랬다. 그 모습은 지나치게 낙천적이며 땅과 바싹 붙어 있어서 어디에서나 뿌리를 내리려 하고 싹을 틔우며 열매를 맺게 하는 기름진 대지와도 같았다. 그녀는 그 현실성이 마음에 들지 않았다. 턱없이 풍요롭고 기름진 그들의 태평함이, 한껏 느긋함으로 세상에 뿌리내린 안주가 그녀로서는 쉽게 받아들일 수 없는 그 무엇이었다.

그녀가 원하는 것은 언제나 비상하는 날개였다.

현실을 떠나 훨훨 날아갈 수 있는 날개. 그러기 위해서 몸은 가벼워야 했고 엉덩이는 물론 뼛속 깊이까지 공동으로 남아 있어야 했다.

그런데 지금 눈앞에 내밀어진 그의 몸은 진득거리거나 과잉되어 있지 않았다. 그녀가 알게 모르게 무시하고 경멸해온 근육질의 단순함이 아니었다. 그것은 오히려 한없이 넉넉하고 풍요로운 표정을 만들어내고 있었다. 그것 자체로 아름답고 우아하기까지 한.

그녀의 눈길을 느낀 것일까, 골반 위에 손을 올려놓은 자세로 서 있던 그가 갑자기 팔을 들어 목 뒤를 쓸어내렸다. 그리고 고개를 돌렸다.

순간 두 사람의 눈이 공중에서 부딪쳤다.

하기야 몸에 관한 한 그녀는 이제 막 태어난 아기와 같았다.

그녀에게 익숙한 육체란 이 세상에 존재하지 않았다. 그건 늘 옆에 있는 것이지만 한 번도 눈앞으로 당겨 본 적이 없는 대소변과 비슷한 것이었다.

더 어렸을 때 진작 포기했어야 되지 않았을까, 어머니의 탄식처럼 그녀의 몸은 다 쓴 휴지같이 휙 날려버려야 할 그 무엇이었다.

진짜 용한 의원이 있어서 애 같은 소아마비도 고쳐낸대요: 전해 주는 그 누구의 말도 어머니는 믿지 않았다. 하느님이 고쳐 준다고 해도 이제 믿지 않을 거예요. 말없는 침묵이 그렇게 말하고 있었다. 절망으로 흘러내리는 어머니의 냉정한 콧등. 이제는 더 이상 속지 않겠다고 작정한 어머니의 콧등은 그렇게 얼어붙어 있었다.

그러므로 더 일찍 폐기처분 되었던 몸.

철이 들면서부터 그녀는 새책을 구입하거나 공책을 사면 첫 장에 이렇게 새겨 넣었다.

정신 하나만으로 살 수 없을까!

그건 그녀에게 최초로 시작된 화두였다. 되물어지는 의문형이 아니라 절박한 슬로건이었고 절체절명의 목표가 되었다. 그

버스 드라이버

녀에게 남은 것은 정신뿐이었다. 마지막 남은 자존심의 한 자락
이야말로 왜곡된 그녀의 몸을 끌고 나갈 버팀목이 되어줄 것이
었다.

하지만 그것이 얼마나 심각한 오류인지를 알게 된 것은 오래
된 일이 아니었다.

"원체 기가 너무 없어놔서요."

화장을 하지 않아도 한 것보다 더 화사한 피부를 가진 그 젊
은 한의사가 그랬다.

"워낙 원기가 부족한데다 후천적인 기운을 받아들일 수 있는
기능들까지 다 약해져 있어서……."

봉애는 흐흐훗 웃었다.

"혹시 환자분은 건강하다고 믿고 계신가요?"

의사는 하던 말을 멈추고 물었다. 상식적으로 이해하기 어려
운 웃음이었다.

"아니에요."

그녀는 고개를 가로 흔들었다. 당신한테 웃는 것이 아니라 나
한테 웃고 있는 중이에요. 그녀는 다만 머리를 세차게 흔들 뿐
이었다. 여기서 처음 듣는 말도, 한두 번 듣는 말도 아니었다.

그녀가 만난 의사들은 그냥 고개를 흔들었다.

"별 도리가 없습니다. 아프면 아픈 대로 살 수밖에요."

사실은 이렇게 말하고 싶었던 지도 모른다. 그 몸으로 건강하다면 그게 비정상인 거죠.

그런데 이 젊은 여의사는 진지하게 설명을 해주려 애쓰고 있었다.

"사람에게는 세 가지의 기가 있습니다. 태어날 때부터 어머니의 뱃속에서 가지고 나오는 정기가 있고, 그리고 후천적인 기운으로 매일 보충하여 살아가는 천기와 지기가 있습니다. 천기는 입과 코로 호흡을 하면서 받아들이고, 지기는 땅에서 나오는 음식물을 섭취하는 것으로, 그리고 두 발로 대지를 밟으면서 받아들이는 거죠."

그런데 그녀의 맥은 알아볼 수 없게 약해져 있었고 오장육부의 기능 역시 형편없이 떨어져 있다는 것이다. 그것이 그녀를 으흐흐홋 웃게 했다. 그래서 어쩌란 말인가? 그건 그녀 영역 밖에서 일어난 일이었다. 그녀가 할 수 있는 일이란 아무것도 없었다. 그녀는 자신의 몸을 통제할 수도, 따라갈 수도 없었다. 다리 하나는 언제부터인지도 모르게 힘없이 나동그라져 있었고 나머지 하나는 그걸 보충하느라 언제나 기진맥진했다. 그건 그녀의 의지와는 상관없이 일어난 일이었다.

　병원에서 돌아온 그날 저녁 고향에 있는 언니한테 시외전화
를 걸었다.

　"우리가 넉넉한 건 아니었지만, 그래도 밥 못 먹고 산 건 아니
잖아. 장사하는 아버지 덕분에 돈을 만지지 않았던 집도 아니
고. 그런데……."

　봉애는 갑자기 목이 메었다. 의사들 앞에서 맥없이 흘렸던 웃
음들이 갑자기 울음으로 쏟아지려고 했다. 그러나 그녀는 식구
들 앞에서 결코 울지 않는다. 눈물을 보이지 않아도 그들은 언
제나 그녀에게서 울음을 읽고 갔다. 눈물보다는 차라리 거센 항
의가 나았다. 논리적이고 합리적인 항의. 그건 약한 데서 나오
는 것이 아니라 강한 데에서 나오는 것일 터이므로.

　"시원찮은 아이한테 약 한 제 안 먹이고 키웠다는 건 해도 너
무한 것 아냐?"

　그녀는 이미 이 땅에 없는 어머니에 대한 항의를 언니한테 쏟
아놓는다.

　"그때는 다 그랬지. 큰 부잣집 아니고는 아이한테 보약 먹이
는 집이 그 시절에 어디 흔했나? 니는 몸이 그래서 약을 먹었더

라면 좋았을 걸, 사는 것이 늘 급급했다 아이가."

언니는 어눌할 정도로 천천히 말했다. 깊이 생각해서 말하고
있다는 증거다.

그녀는 요즘 들어 자신이 건강을 위해 얼마나 애쓰고 있는지
에 대해서 말했다. 현미 잡곡밥에다 푸른 채소, 그리고 각종 컬
러 푸드, 건강식품과 거르지 않는 산책. 그런데 몸은 사정없이
시들어가고 있었다. 누우면 일어날 수 없었고, 누우면 누운 채
로 뼈마디마다 배기고 아팠다. 그렇다고 남다르게 신경을 끓이
는 것도 아니었다. 인생에 있어서 포기될 것은 이미 포기되었고
자신의 영역이 아닌 곳엔 눈을 돌리지 않고 살기로 작정한 다음
이었다. 골밀도가 떨어져 허옇게 찍힌 엑스레이 사진을 보고도
의사는 묵묵부답이었다.

"획기적인 치료는 아니라고 해도 최소한 유지해나갈 방법은
있을 것 아니에요?"

그녀는 항변을 하면서도 웃었다. 그것 말고는 의사의 무심한
침묵에 대응할 길이 없었다.

"사고나 나지 않도록 조심하셔요."

억지로 의사가 한마디를 던졌다.

"사고 나면은요?"

그녀의 얼굴은 여전히 웃고 있다. 그러나 그녀의 말은 떨려서 나왔다. 두려움보다는 존중받지 못하는 자기 몸에 대한 수치심 때문이다. 의사는 그녀의 얼굴을 흘끔 바라보고는 다시 차트 속으로 돌아갔다.

"만일 사고가 나면 죽게 되나요?"

그녀는 떨리는 안면근육을 그나마 웃음의 틀 속에 걸어두고 있다.

"죽는 건 아니라도, 만일 고관절을 다칠 경우에는 평생 누워 살아야 할지도 모릅니다. 워낙 뼈가 약하기 때문에 한 번 부러지면 다시 붙이기 힘들어요."

그때서야 의사는 제대로 갖춘 설명을 한 번쯤 늘어놓는다.

한 번 흔들거리기 시작한 다리는 흔들거리는 채로 남아 있을 줄 알았다. 다른 지체와는 상관없이. 어떤 영향도 미치지 않고 어떤 영향도 받지 않는 채로, 오로지 분리된 섬 한 개처럼 떨어져 그렇게 고정되어 있을 줄 알았다. 그런데 이제 와서 그것 하나 때문에 몸뚱이 전체가 침몰하려 하고 있는 것이다.

"언니, 내가 처음으로 일어서본 게 아홉 살이었잖아."

아무래도 오늘은 울고 싶은 날이다.

"그때가 아홉 살이었나?"

언니가 천천히 반문했다.

"아홉 살쯤 되면 애들은 거의 모든 골격을 갖추잖아. 그때 이미 단단해지고 여물어지는 거지. 아이들이 오죽 설치고 뛰어다녀? 그러면서 평생 유지해나갈 뼈대가 만들어지고 근육이 생기는 거잖아. 그런데 그때까지 연체동물처럼 방바닥에 누워 있기만 했는데 무엇 하나라도 제대로 생겨먹었겠어? 그런 나한테 보약 한 제 채워 넣지 않고 키웠다는 것이 말이나 돼?"

슬픔에 흠뻑 젖어든 그녀는 이 모든 탓을 어머니한테 돌린다. 어머니가 내 몸을 조금이라도 더 잘 보살펴주었더라면……. 마지막 한마디가 입안에서 얼찐거리다 사라진다.

그녀는 이제 제법 느긋하게 버스를 기다린다.

오늘도 푸른 줄무늬의 버스는 변함없이 아파트 진입로의 커브길을 돌아서고 있었다. 차 머리에서 위를 향해 들린 하얀 통풍구는 큰 새의 깃털처럼 우아하게 보였다. 그녀는 이제 여유 있게 사람들 사이에 섞여서 버스를 기다릴 수 있게 되었다. 조바심내지 않고도 앉을 수 있을 만큼 자리는 충분했고, 대단지 아파트인 이 위치 역시, 언제나 많은 사람들이 오르내리고 있어

버스 드라이버

서 바쁘게 서두르지 않아도 시간은 넉넉했다. 거기다가 지난 금요일에는 운전기사인 그와 정식으로 인사를 하기도 했다.

그날따라 반환점이 되는 동부 아파트 지점에서 사람들이 한꺼번에 우르르 내렸다. 그녀가 내려야 할 아파트까지 돌아오는 동안 버스 안에는 그와 그녀만이 남았다. 버스 뒤쪽에 앉아 있던 그녀가 일어나서 운전석 뒷자리로 옮겨 앉았다. 차를 태워주어서 고맙다고 인사를 하자 얼기설기 주차된 좁은 길을 나가고 있던 그가 백미러를 통해 쳐다보았다. 그 순간 그의 얼굴 어디에도 여태까지의 냉랭함을 찾아볼 수 없었다. 대신 한없이 너그러운 미소가 한 남자의 얼굴 위에 고스라니 실려 있었다.

공짜가 아니더라도 충분히 고마울 텐데, 버스를 잘 타지 못하니까, 더구나 공짜로 태워주니까 너무나 고맙다고 그녀가 말했다. 일방적인 치사가 오히려 부담스러울까봐 공짜라는 말을 일부러 장난처럼 굴렸다. 그가 이제는 백미러가 아니라 고개를 돌려서 쳐다보았다. 그리고 비시시 웃었다. 소년 같은 단순함이 그의 얼굴을 사로잡는다.

그녀의 긴장된 마음이 스르르 풀어진다. 자신감마저 서서히 올라오기 시작했다. 그녀는 이제 상대방 앞에서 단순한 장애인이 아니었다. 그건 표면적으로 드러난 하나의 현상이었고 이제

부터는 하나의 특성을 가진 인간으로 변모될 차례였다. 벌써 그녀는 그의 내부 깊숙이 들어가 있다.

　몸이 안 좋아서 운동을 하러 다녀야 하는데요. 이제 그녀는 긴장하지 않는다. 그녀의 표정은 부드러워지고 지나가는 말조차도 생기를 띠고 살아난다. 그런데 교통편이 마땅찮아서 고민하고 있었거든요. 내가 버스를 잘 못 타거든요. 이 대목에서 그는 그렇지요, 하고 머리까지 끄덕였다. 앞으로도 이 차 이용할 수 있도록 허락해주시는 거죠. 그녀는 이미 확보된 자신감을 다시 확인한다. 거기에는 상대방의 관대함을 충동질하는 애교까지 곁들여 있었다.

　그리고 사흘만의 월요일이었다.

　"아줌마 이름이 손봉애 씨에요?"

　마침 그의 바로 뒷자리가 비어있어서 앉은 다음이었다. 그는 운전 중인데도 고개를 뒤로 젖혀 그녀를 쳐다보았다.

　예에? 그녀는 한 순간 멍해졌다. 어떻게 내 이름을, 그러자 마치 꿈속의 일처럼 까마득했던 기억이 끌려나왔다.

　"어머, 지갑이구나. 끈 달린 녹색 지갑이요."

버스 드라이버

마치 변명이라도 하듯이 그녀가 재빠르게 말했다.

"은행 통장 두 개가 들어 있던데요."

"맞아요."

그랬다. 지갑 하나라도 짐처럼 여겨져서 늘 맨손으로 다니던 그녀가 지난 금요일에는 은행 볼일이 있어서 들고 나왔던 지갑이었다. 그런데 돌아오는 길에 버스 안에서 떨어뜨린 것임에 틀림없었다. 뒷자리에 앉아 있다가 운전석 가까이 옮기면서 쇼핑백만 챙긴 것이다.

개그나 콩트 속에서나 일어날 만한 일이 실지로 일어나다니. 무엇보다도 사흘 동안 잊고 지냈다는 것이 실로 어처구니가 없었다. 그녀는 황당함으로 웃기 시작했다.

그는 백미러로 그녀를 낱낱이 바라보고 있었다. 같이 웃지도 않고 사무적이지도 않는 그의 직선적인 눈빛이 그녀의 얼굴 위로 똑바로 꽂혀 왔다.

"상업은행과 주택은행이죠? 그리고 병원은 한일병원에 다니시나요?"

"맞아요."

그의 물음이 민망하게 느껴져 그녀는 계속 웃었다.

"주민등록번호 끝자리가 5846이구요."

그래도 그의 확인은 멈추지 않는다.

"기억력이 좋으시네요."

그녀는 자기에게 쏟아지는 관심을 어떻게 처리할지 몰라서 오히려 쩔쩔 맨다. 그래서 그녀는 웃었다. 그의 친절한 뜻이 다른 것으로 오염되거나 변질되지 않게 하기 위해 그녀는 웃고 또 웃었다.

"그런데 제 것인 줄 어떻게 아셨어요?"

"그쪽이 지난 금요일의 마지막 손님이었죠."

그는 표정을 숨기지 않고 짧고 담백하게 말한다. 직선적인 눈빛이나 힘 있는 음성에는 이십대 젊은이 같은 자신감이 스며 있었다.

"거, 크게 한턱 내셔야겠군."

통로 건너편에 앉은 여자가 말했다. 나이가 지긋한데도 붉은 포도주색의 안경이 잘 어울리는 여자였다. 팔에는 손자로 보이는 어린 아이를 안고 있었다.

"통장에 돈도 있었을 것 아니우?"

잠든 아이를 품속으로 당기며 건너편의 여자가 물었다.

"그렇죠."

봉애는 건성으로 대답하며 그를 보았다. 남자는 여전히 백미러 속에서 그녀를 보고 있었다. 예사롭지 않게 상대방의 심정 속으로 뚫고 들어오는 눈빛이었다. 그러나 다른 뜻은 아닐 거라고 그녀는 생각한다. 쌍꺼풀이 유난히 뚜렷한, 그래서 외부를 향해 크게 열려 있는 눈은 본래의 감정보다도 더 많은 것을 담을 수 있겠구나, 라고 그녀는 객관적으로 생각을 돌려먹는다. 그러면서도 그녀의 깊은 복부 어디쯤이 가늘게 떨리고 있는 것을 느낀다.

"젊은 사람이 보기보다 인색한가 보네. 한턱 내겠다는 말을 안 하는 걸 보니."

건너편의 여자가 그에게 공조를 보내듯, 친밀한 음성으로 말했다.

"아니에요. 한턱내야죠. 공짜 차 태워 주시는 것만 해도 고마운데, 지갑까지 찾아주셨는데 어떻게 그냥 넘어갈 수 있겠어요?"

그녀는 밝게 말했다. 할 수 있다면 이 기회에 고마운 뜻까지 확실하게 전달하고 싶었다. 그래서 앞으로는 미안해하거나 어색해 하지 않고 버스를 이용하고 싶었다. 백미러 속의 그가 흡족하게 웃었다.

쇼핑센터에 도착한 그는 여전히 허리 위에 두 손을 편안하게 얹어놓고 계단 위에 버티어 섰다. 그가 지갑을 맡겨놓았다는 사무실로 올라가던 그녀가 그에게 먼저 다가갔다.

"그런데 주민등록증이나 증명이 될 만한 것을 아무것도 안 가져 왔으니 어떡하죠?"

그녀는 빈손이라는 것을 강조하기 위해 무심코 손바닥을 그의 앞으로 내밀었다. 그는 자기 앞으로 내밀어진 그녀의 하얀 손바닥을 내려다보았다. 그리고 다시 눈을 들어 그녀를 보았다. 큼직하게 열려 있는 그의 눈은 그런 작은 움직임조차 하나의 뚜렷한 동작으로 드러나게 한다. 그러면서 남자가 빙긋 웃었다. 지극히 관대하고 자신감이 넘치는 웃음이었다. 그 웃음 앞에서 별안간 그녀는 자신을 뚫고 튀어나오는 귀여운 여성을 느낀다.

"주민등록번호를 불러주면 되죠."

"아, 그렇구나."

그의 웃음 앞에서 그녀는 손뼉을 치듯이 좋아했다.

"그런데 사무실이 오 층에 있는데 어떻게 올라가나?"

그가 그녀의 목발을 바라보았다. 조금도 주저하거나 조심스러워하지 않는 그의 태도에는 이미 그녀를 받아들인 푸근함이 넘쳐난다.

"엘리베이터가 있는데 무슨 걱정이에요?"

버스 드라이버
▬▬▬▬

갑자기 자신의 여성스러움에 눈 떠진 그녀는 마음껏 쾌활해
진다.

사무실에서 나올 때까지도 그는 계단 위에 서 있었다. 머리가
희끗한 동료 기사와 함께였다.

"찾았어요."

봉애가 지갑을 흔들어보였다.

그는 동료와 마주 서 있다가 그녀를 바라보았다. 고개만을 돌
려서 아무 말 없이 잠자코. 그 모습이 오히려 전체적으로 상대
방을 감싸 안듯이 수용하는 그런 표정이 되었다.

"어떻게 한턱을 내야 하죠?"

옆 동료가 그녀 말뜻을 헤아리기 위해 묻는 얼굴이 된다.

"잊어버렸던 지갑을 찾아주어서요."

그녀의 설명에 그가 아는 체를 하며 끼어들었다.

"그럼 크게 한턱을 내야겠는데요. 저도 껴도 될까요?"

셔틀버스 2호차 기사라는 그는 첫인상보다는 훨씬 젊은 표정
으로 너스레를 떨었다.

"그러시죠."

두 사람의 애기를 듣고만 있던 그가 천천히 말했다.

"뒤에 내가 술 한 잔 사지요."

약간 들떠 있던 분위기가 그 한마디로 지그시 가라앉았다. 그리고 그의 큰 눈이 그녀의 눈 안으로 가만히 들어왔다. 아울러 남자의 육중한 존재감이 그녀의 가슴 위로 터억, 얹혀졌다.

황홀한 어지럼증

첩첩한 산들이 대기 중에 조용히 정좌하고 있었다.

아직 걷히지 않은 새벽안개가 오라처럼 주변을 감쌌다. 밤새 어둠을 견딘 나무 등걸과 바위 위에도 새벽안개가 희미하게 피어 있었다. 봉애의 친구 인영은 절 주차장에 차를 세웠다. 운전하는 동안 봉애가 안고 있던 아이를 받아 등에 업었다. 몽롱한 새벽잠에 잠긴 아이는 움직이는 것이 성가셔서 잔뜩 이마를 찌푸렸다.

"괜찮겠어?"

봉애가 인영의 조그만 손가방을 건네받으며 물었다.

"금방 깰 텐데. 뭐."

인영이 아이를 추켜 업으며 대답했다.

그녀들은 주차장의 경사로를 올라가 일주문 안으로 들어갔다. 하얗게 포장된 길과 사람 머리까지 휘청 내려오는 느티나무 가지들이 새벽 공기를 더욱 청량하게 만들었다. 사방 어디를 둘러보아도 산이었다. 산이 산을 부르고, 산이 산에 대답하는, 완벽하게 산으로 둘러싸인 곳에 그녀는 서 있었다. 또 하나의 그녀는 또 하나의 아이를 등에 업고.

　두 사람은 대웅전 뒤로 바라보이는 큰 산봉우리에 눈을 맞추고 묵묵히 걸어갔다. 경내로 접어들었을 때도 여전한 침묵이 그녀들을 맞이했다. 심지어 목탁 소리, 산새 소리 하나도 들리지 않았다. 서늘하고도 맑은 고요함이 찬물 고이듯이 경내에 가득 고여 있었다. 아이가 인영의 등에 머리를 더 움츠리고 동그랗게 주먹 쥔 손을 엄마 등과 자기 가슴 사이에 밀어 넣었다.

　그때 대웅전의 우측 조그만 나무문 사이로 스님 한 분이 걸어 나왔다. 작업복 차림인 그의 손에는 허름한 밀짚모자가 쥐어져 있었다. 봉애는 서투르게나마 두 손을 맞대어 합장을 하고, 가톨릭 신자인 인영은 고개를 숙였다. 낯선 방문객에 주춤하던 스님이 가벼운 합장으로 인사를 받고는 빠른 걸음으로 그녀들 뒤로 빠져나갔다. 사찰 마당 구석에는 연자줏빛 창포 꽃이 한창 피어나는 중이었다.

"아직 조반 전이시면 요사체로 가셔서 공양을 하시지요."

조금 전의 스님이 가던 길을 돌아와서 말을 건넸다.

"그래도 되는지요?"

인영이 놀란 표정으로 되물었다.

"이쪽으로 들어가시면 식당이 나옵니다."

스님이 나왔던 나무문을 가리켜주고 돌아서더니 몇 발짝 떼지 않아 도로 돌아왔다. 그러고는 그녀들을 앞서 나무문 안으로 들어갔다.

큰 마룻방에서 혼자 조반을 들던 중년 보살이 스님의 나직한 몇 마디를 듣고는 자리에서 일어섰다. 고맙다는 인사를 할 새도 없이 스님은 나무문 밖으로 나가버렸다. 인영은 봉애 옆에 아이를 내려놓고 보살을 따라 부엌으로 나갔다. 방과 부엌의 경계는 분명하지 않았다. 기다란 마룻방으로 이쪽에는 긴 나무식탁이 있었고 저쪽에는 싱크대로 칸막이가 된 부엌이 있었다. 중년 보살은 표정 없이 냉면 식기 같은 스텐 그릇에 흰죽을 담으면서 인영에게 식반을 내주었다. 인영은 싱크대 위의 반찬통에서 몇 가지를 담아 나왔다.

따뜻한 흰 쌀죽이었다.

조용한 사찰에서 예정에도 없는 새벽밥을 먹는다는 것은 한

끼를 해결한다는 의미를 넘어서 경건하고도 소중한 경험으로 다가왔다. 더구나 인영은 며칠만 지나면 뉴질랜드로 떠나게 되어 있었다. 봉애는 어머니 제삿날 고향에 내려왔다가 인영을 만났다. 표충사에 들러보기로는 거의 십여 년 만이었다. 새벽 사찰에 들어서게 된 것도 인영의 우김 덕분이었다. 막상 떠나려고 하니까 우리나라 구석구석이 너무 아름다워서 눈물이 나네, 라고 그녀가 말했다. 표충사가 특히 좋아서 일찍 잠이 깨는 날이면 무작정 이리로 달려온다는 것이다.

"이것도 먹어. 한 가지라도 남기면 안 돼."

인영이 흰죽만 넘기고 있는 그녀 앞에 콩나물 무침을 내밀었다. 산나물과 오이로 버무린 반찬들이 정갈했지만 아직은 이른 시간이어서 잘 넘어가지 않았다. 인영이 봉애의 몫까지 보태서 듬뿍듬뿍 입에 넣는다. 교육청의 장학사로 일하던 그녀는 작은 일에도 책임감을 보이는 스타일이 되어 있었다.

"공무원 자리 올라가 봐라. 아래, 위 살피다보면 일 년 만에 다 늙어버린다."

벌써 염색한 머리 아래 하얗게 올라오는 머리카락을 들춰 보이면서 그렇게 말하곤 했다.

아이는 눈을 반쯤 감고 식탁 앞에 앉아 있었다.

"죽 조금 먹어볼래?"

여섯 살 먹은 아이는 어른처럼 말없이 앉아 고개만 흔들었다. 인영은 구태여 먹이려고 하지 않는다.

자리에서 일어서는 중년 보살을 따라 인영이 빈 그릇을 챙겨 나갔다. 수돗물 소리와 몇 마디 낮게 두런거리는 소리를 들으며 봉애는 아이와 함께 신발을 신었다. 낮은 울타리를 따라 만들어진 꽃밭에는 참새 몇 마리가 흙을 쪼고 있었다. 그걸 본 아이가 그쪽을 향해 뛰어간다. 여태까지 눈에 붙어 있던 졸음이 일시에 떨어져나갔다.

그들은 경내에 있는 약수터로 갔다. 산에서 내려오는 물을 대웅전으로 올라가는 계단 옆에서 받을 수 있도록 해놓은 곳이다. 벽에 꽂아 놓은 플라스틱 관에서 맑은 물이 졸졸 흘러나왔다. 동전 몇 개가 네모난 물받이 석조통 아래 가라앉아 있었다. 떨어진 잎들도 흐르는 물살에 쫓겨 구석에서 흔들거렸다. 아이가 잎을 주우려고 물에 손을 담갔다. 초여름이라고는 하나 새벽 산사의 차가운 물에 아이의 연한 손이 빨갛게 물들었다. 봉애가 손수건으로 아이의 손을 닦아준다. 몸이 아주 나빴을 때의 그녀는 여름에도 찬물에 손을 담구지 못했다. 금방 손마디들이 아려왔고 그러고 나면 배가 얼음처럼 시려오곤 했던 것이다.

계단 위쪽에서 스님 한 분이 약수터로 다가왔다. 문 앞에서 만났던 젊은 스님과는 달리 장삼을 갖춰 입은 노스님이었다.

"일찍들 나오셨군요."

스님이 아이한테 눈을 맞추며 빙그레 웃었다.

"네, 그런데 저희들은 예를 갖추는 방법도 모르구요. 그냥 여기가 좋아서 왔습니다."

인영이 공손하게 두 손을 맞부비면서 말했다.

"좋죠. 그게 가장 좋은 거죠."

스님이 소탈하게 받아주었다. 한가로운 마실을 나온 것처럼 계단 위에 쭈그리고 앉은 스님에게 인영은 뉴질랜드 이야기를 하고 있었고 봉애는 아이와 함께 놀고 있었다. 그리고 간간이 눈을 들어 산봉우리를 바라보았다. 산 위에 올라온 햇살은 환한 보폭이 눈에 보일 만큼 빠른 속도로 번져나갔다. 먼저 햇살을 받은 나무들이 서치라이트를 받은 것처럼 빛을 내기 시작했다.

"그쪽 보살님은 몸 안의 배수구를 잘 다스려야 할 겝니다."

스님이 인영을 보고 말했다.

"어떻게 아셨어요?"

인영의 묻는 말에 스님은 그저 빙그레 웃기만 했다.

얼마 전까지만 해도 인영은 신장염으로 한동안 고생을 했었다. 몇 년 전 이민 수속을 위해 건강진단을 받다가 알게 된 사실로, 절제수술을 받아야 할지에 대해서 심각하게 고민을 하기도 했다. 그러다가 단전호흡과 기 치료까지 접하게 되면서 이제는 거의 완치된 상태였다.

"쌓아놓으려 하지 말고 뭐든지 나누어 가져야 된다는 거야. 이것이 이번에 병을 앓고 치료를 받으면서 알게 된 진리야."

인영은 병문안으로 내려간 봉애한테 오히려 선물 꾸러미를 내놓으면서 말했다. 거기에는 구두 티켓, 손수건 상자, 그리고 차비라고 내놓은 봉투까지 있었다.

"물질이나 마음이나 움켜쥐고 있으면 그것이 고이고 고여서 썩는 거야. 고인 물이 썩는 것처럼. 일차적으로는 몸의 병을 다스려야 하지만 그것만으로는 완전하지 않다는 거지. 정신이 거기까지 이르지 않으면 언제라도 재발할 수 있는 거고."

인영이 강조하던 말이었다. 그게 벌써 이 년 전의 일이었다.

그런 인영에게 스님은 다시 그 병의 위험성에 대해 경고하고 있었다. 그러나 인영은 놀라지 않는다.

"제 체질을 알고 있으니까 앞으로 잘 다스려 나가려고 해요. 스님."

인영의 싹싹한 말에 스님이 빙긋이 웃었다. 그리고 아이와 머리를 맞대고 물장난을 치고 있는 봉애를 바라보았다.

"그쪽 보살님은 다리가 불편하시군요. 고통이 많았겠습니다."

"네, 그래서 참회하고 있습니다."

봉애의 대답은 기이했다. 불편한 다리에 참회라니, 그녀는 자신이 한 말의 의미를 알고 있기나 한 것일까.

아침 햇빛이 환한 방안에서 그녀는 풍욕을 하고 있는 중이었다. 옷을 모두 벗어버리고 맨몸으로 드러난 자신의 피부를 두 손으로 문질러나갔다. 인간은 코로만 호흡하는 것이 아니라 피부로 더 많은 호흡을 한다고 했다. 그녀가 우연히 대체의학 현장을 탐방하는 TV특집 프로그램을 보고 있다가 깨달은 사실이었다.

그 화면을 보는 순간 부르르 전율을 느낀 그녀는 다음날부터 바로 풍욕과 좌선을 시작했다. 운동이 힘든 그녀에게 몸을 활성화시킬 수 있는 최상의 방법이었다.

그녀가 이해하는 대체의학의 요점은 두 가지였다. 몸에서의 노폐물은 원활하게 밖으로 배설시키는 것과 필요한 것을 흡수하는 것. 배출에는 대소변 외에도 깊은 호흡과 땀을 흘리는 방법이 있었다. 피부는 이 두 가지 역할을 동시에 해낸다.

그녀는 목까지 뒤집어썼던 홑이불을 벗어던질 때마다 빠른 속도로 피부를 문질러나갔다. 서너 번 반복하고 나면 겨드랑이와 무릎 뒤로 땀이 촉촉하게 배어 나왔다. 뜀박질하지 않고서도 땀을 흘릴 수 있다는 사실이 그녀에게 짜릿한 흥분까지 안겨주었다.

그 과정을 몇 번씩 반복한 후에 가벼운 면옷을 입고 몸이 가는 대로 움직이고 있었다. 마음껏 문질러진 피부는 공기 중에 닿아 상쾌했고 빨갛게 달아오른 손바닥은 기분 좋게 화끈거렸다. 그녀는 가볍게 관절을 주무르고 불편한 오른쪽 무릎을 만지기 시작했다. 미처 자라지 못한 아기처럼 작고 연약한 무릎이었다. 얇은 피부 속으로는 가느다란 핏줄이 보였고 다섯 발가락은 기죽은 아이처럼 안으로 바짝 오무려들었다.

그때였다. 말할 수 없는 연민이 일어나기 시작한 것은. 그리고 알지 못할 말이 가슴에서 쏟아져 나왔다. 이제는 깨어나, 제발 깨어나라, 내가 잘못했어. 죽은 듯이 오그리고 있지 말고 이제는 활발한 대기 속으로 깨어나서 씩씩하게 걸어 나와, 응.

그녀는 애원하듯이 다리를 쓰다듬어 나갔다. 그러다가 손의 힘이 점점 세어지더니 급기야는 손바닥으로 다리 피부를 탁탁 내려치기 시작했다. 만일 누가 옆에 있어서 본다면 미쳤거나 신들렸다고 할 수밖에 없는 행동이었다. 그런데도 그 순간 그녀한 테는 지극히 타당한 일로 여겨졌다. 무엇보다 그렇게 시원할 수가 없었다. 한참을 치다 보니까 피부에 새빨갛게 물이 든 것은 물론이고 허벅지 안쪽으로는 군데군데 퍼런 멍까지 들어 있었다.

그녀는 다시 자신의 다리를 부드럽게 쓰다듬어 주었다. 입속의 중얼거림은 여전히 계속되었다. 잘못했어. 잘못했어. 이제는 그만 깨어나. 깨어나서 같이 걸어 나가. 이 밝은 햇빛 속을, 이 싱싱한 대기 속을 손잡고 같이 걸어 나가자구.

누가 누구에게 하는 말인지 알 수 없었다. 그러나 죽은 것처럼 방치되고 있었던 지난 세월에 대해서 용서를 구하고 싶었다. 그리고 무엇인지 알 수는 없지만 육신의 한 부분으로 하여금 이 토록 좌절하게 만들었던 일에 대해서 용서를 빌고 싶었다. 용서하는 주체와 용서받는 객체가 누구인지는 중요하지 않았다. 다만 죽은 듯이 엎드려 있을 수밖에 없는 대상이 그녀 몸의 한 부분으로 지금, 이렇게, 실재하고 있다는 것은 엄연한 사실이었다.

그녀는 몸을 엎드려 자신에게 절하기 시작했다. 그건 용서와 자비를 구하는 간절한 몸짓이었다. 그리고 참회였던 것이다.

　세 사람은 천천히 경내를 빠져나왔다. 해는 이제 산 아래까지 밝게 퍼졌고 짙은 초록 물이 오른 나뭇잎들이 활기차게 흔들렸다. 하얀 포장도로 위에 올라서자 아이는 두 팔을 벌리고 움직이는 팔랑개비가 되었다. 불어오는 바람을 타고 산으로 이어진 매끈한 길 위에서 날아오른다. 길가에 심어놓은 복숭아와 감나무의 열매를 만날 때마다 아이는 까치발을 하고 손을 뻗었다.

　오홋홋홋…… 아직 자라지 못한 아이는 여자아이 같은 웃음소리를 냈다.

　봉애는 불현듯 그 남자의 눈빛이 떠올랐다. 속까지 단번에 뚫어놓으려는 듯 예리하게 파고 들어오는 눈빛이었다. 내려오는 기차간에서도, 오랜만에 만난 동기들과 제사를 준비하면서도 번번이 그의 눈은 가슴속을 뚫고 들어왔다. 마치 오래된 망각을 비집고 단번에 자신의 존재를 알리려는 것처럼. 그때마다 그녀는 황홀한 어지러움에 정신이 아득해지곤 했다. 스스로 납득이 되지 않는 일이었다. 그래서 그녀는 혼자 피식거리는 웃음을 삼켰다.

5

"봉애 씨, 우리 데이트합시다."

그가 그렇게 말한 건 지갑을 찾아준 그날인지 아니면 다음날인지 분명하지 않다. 세세한 시간 따위는 그 말의 중압감에 눌려서 어디론가 사라져버린 것 같다. 다만 그의 눈빛만이 생생하게 기억될 뿐이다. 그 순간의 그의 눈은 빛나지 않았다. 손으로는 천천히 핸들을 조작하면서 그의 눈은 조심스럽게 그녀를 살펴보고 있었다. 지극히 조용하고 침착한 눈이었다.

일곱 시 막차에는 그와 그녀만이 남아 있었다.

그녀는 내릴 준비로 그의 바로 뒷자리에 서 있던 참이었다.

차는 이미 아파트 정문을 향한 진입로에 들어섰다. 버스 뒤에는 다른 차들이 꽁무니에 꽁무니를 물고 줄줄이 이어지고 있었다. 그녀로서는 침 삼키는 것도 멈추어야 할 정도로 촉박한 시간이었다. 그 순간에 그런 말을 하는 것이 경박한 일인지, 오히려 다행한 일인지 그녀로선 알 수 없었다.

하지만 그의 눈빛은 서두르지 않았다. 오히려 시간이 정지된 것 같은 고요함이 그의 얼굴과 어깨 전체로 흐르고 있었다. 그의 눈은 백미러에서 떠나지 않고 두 손으로만 핸들을 움직여 정문 안쪽에다 차를 천천히 세웠다. 그의 눈은 여전히 그녀의 얼굴에 박힌 듯이 머물러서 그녀의 반응을 기다렸다.

창백하게 앞을 보고 있던 봉애는 갑자기 남의 일처럼 킥 웃었다. 누군가의 은밀한 말을 우연히 엿들은 것 같은 쑥스러움과 불편함이 그녀를 엄습했다. 그녀는 새삼 차 안에 다른 사람이 있는 건 아닌지 둘러보기조차 했다. 여태까지 그녀한테 이렇게 직접적으로 말한 사람은 없었던 것 같다. 그녀는 늘 데이트의 외곽에, 그리고 여자라는 존재의 바깥에 서 있었다. 그래서였을까, 그건 낯선 이물감이자 한편으로는 퍽 객관적으로 들렸다. 식사하셨어요? 라든가, 좋은 날씨입니다, 라는 것 같은.

"내가 봉애 씨한테 무례하게 굴었나요?"

조심스러운 눈빛으로 그녀에게 다시 물었다. 여전히 미세한 표정 하나라도 놓치지 않으려는 듯 조용한 침착함이 얼굴 전체에 흐르고 있었다.

"아뇨. 그렇지 않아요."

그녀는 얼른 자신의 고개를 흔들었다. 그리고 딴청을 피우려는'자신을 다잡았다. 이해하기만 한다면, 사랑이 단순한 육체로 발생하는 것이 아니라 정신적인 육체에서 일어나는 것이라는 사실을 알기만 한다면, 그녀 역시 사랑하고 사랑받기에 충분한 여자라는 자부심이 고개를 꼿꼿이 들고 일어났다. 그녀는 삶의 아픔이나 질곡에 대해서 너무나 잘 알고 있었다. 어떤 인생에 대해서도 너그럽고 관대할 수 있었다. 누구나 그녀의 품에 안겨 오는 자는 위로받을 것이다. 가난한 심정을 그녀만큼 뼈저리게 느낀 사람은 없을 테니까. 그녀는 이제 그런 마음을 스스로 껴안았고 그리고 자신의 따뜻한 가슴에 대해서 잘 알고 있었다.

"무례하기는요. 좋기만 하네."

그녀는 상냥하게 말했다. 이름을 불러주니까 처녀로 되돌아간 것 같네, 라고 농담을 하기도 했다. 백미러를 가득 채운 그의 눈이 만족스럽게 옆으로 늘어났다.

그리고 일주일이 지난 후였다.

오랜만이에요. 그녀가 계단에 올라서면서 인사를 했고 핸들을 잡은 그가 예, 라고 대답했다. 버스를 가득 메운 여자들 속에서의 긴 침묵. 그의 짧은 대답 속에는 어떤 친절이나 호의도 담겨 있지 않았다. 아울러 어떤 힘이나 수식도 들어 있지 않았다. 그러나 그것이야말로 한 남자의 가장 순수한 음성이라는 것을 그녀는 본능적으로 알아차린다. 마치 마음의 맨바닥을 만지는 것처럼.

고맙습니다. 의례적인 인사를 남기고 그녀가 운전석 옆을 빠져나올 때 그도 자리에서 일어섰다. 그리고 차에 문제가 생긴 것처럼, 그래서 점검을 해두지 않으면 안 되는 것처럼 그는 손끝으로 바퀴를 툭툭 치며 그녀를 따라 나왔다. 차에서 내린 여자들은 모두 쇼핑점 정문으로 몰려갔고 방향을 바꾼 사람은 두 사람뿐이었다. 그의 손은 건성으로 바퀴를 더듬으면서 얼굴과 몸은 온통 봉애한테 집중되어 있다.

"봉애 씨가 한동안 안 타길레 내가 싫어서 그러는 줄 알았죠."

그의 눈은 아이 같은 열기를 담고서 그녀를 향해 파고 들었다.

봉애는 솔직한 그의 표현에 웃음을 터뜨렸다.

"내가 봉애 씨한테 그렇게 말했던 것이 싫었던 거죠?"

그가 투정부리듯이 말했다. 그녀의 활짝 핀 웃음을 확인하고
도 재차 그렇게 말했다. 발은 앞을 향해 내디디면서도 그의 시
선과 얼굴은 정신없이 그녀를 향해 쏟아졌다. 커다란 체구의 남
자가 이처럼 들뜬 모습을 보이다니, 그녀는 쏟아지는 웃음을 참
을 수가 없다.

센터 수련장에는 명상음악이 조용히 흘러나오고 있었다.
내실에서 나온 선원장이 신발을 벗는 그녀에게 합장으로 맞
이했다.
"차 한 잔 하고 들어가시죠."
그가 분청 도자기 잔에 차를 따랐다.
"수련이 잘 되시나요?"
"네, 몸에 집중하면 할수록 점점 더 경이로워져요."
그녀는 맑고 높은 음성으로 대답한다. 이 놀라운 경험들은 사
실 그와 함께 시작된 것이기도 했다. 풍욕을 하면서 몸이 변화
되기 시작할 때 그녀는 이 수련센터를 방문했다.
"얼굴이 참 맑으시네요."
처음 만났을 때 그가 두 손을 앞에 모으고 다탁 앞에 꿇어앉

으면서 말했다. 어깨와 허리가 일직선으로 펴지는 그의 자세가 절도 있으면서도 딱딱하지가 않았다. 나이는 삼십대 초반을 넘기지 않을 것 같은데 상대방 깊숙이 잠겨오는 눈빛은 결코 젊은 이의 것으로 여길 수 없는 중량감이 있었다.

"몸은 엉망인데 얼굴이 좋다고 사람들이 그래요."

그녀는 새삼 하소연하는 심정이 된다.

"얼굴이 맑은 것은 마음이 맑다는 증거니까 아주 좋은 겁니다. 몸은 언제나 아플 수 있는 것 아닙니까?"

그 말에 그녀는 내심으로 놀랐다. 마음공부 하는 사람들은 대부분 몸과 마음이 같이 가는 거라고 했는데 반해, 지금 그의 말은 그녀에게 적잖은 위로가 되어 주었다.

"수련실로 들어가서 기氣 점검을 먼저 받아보시죠."

그녀는 거기에서 내준 하얀 수련복으로 갈아입고 기다란 방석 위에 누웠다. 잔잔한 음악이 흐르는 가운데 그가 옆에 앉아서 손으로 배를 만지기 시작했다.

"장이 딱딱하게 굳어 있으면 몸의 30퍼센트 이상 되는 혈액들이 엉겨 적체되기 때문에, 먼저 장을 풀어주어야 됩니다."

조용한 목소리와는 달리 손매가 얼마나 매운지 입을 앙다물고 있을 수밖에 없었다. 한참 동안 복부를 풀고 난 그는 어깨를

버스 드라이버

만지기 시작했다. 어깨 역시 그의 손이 닿는 곳마다 비명이 쏟아질 정도로 아팠다.

"현대인들은 스트레스가 많아서 대부분 이렇게 어깨와 배가 딱딱하게 굳어 있습니다. 처음에는 많이 아프지만 금방 좋아질 겁니다."

뒤에 알게 된 것이지만, 사람의 몸은 등 뒤에 있는 신장의 수水 기운이 척추를 타고 올라가 머리를 시원하게 식히고, 심장의 화火 기운은 아래로 내려와 복부를 따뜻하게 만드는 순환구조로 되어 있다는 것이다. 이게 동의보감에도 나오는 수승하강水昇火降의 원칙이다. 그러나 스트레스나 좌식 생활로 인해 아랫배는 차가워지고 머리는 뜨거워지면서 순환이 원활하지 않아 만병의 근원이 된다는 것이다.

마지막에 그녀를 편안히 눕게 하고 그의 손바닥으로 기를 부어 넣어주자 순간적으로 배가 따뜻해졌다. 그러면서 몸이 점점 땅 깊이 파고드는 것처럼 아래로 무겁게 가라앉았다. 그러고 나자 허리 아래 늘어져 있던 손이 점점 위로 올라가고 싶어졌다. 그러나 어디로 갈 것인지는 전혀 모르는 상태였다. 조금씩, 아주 천천히 위로 올라가던 손이 가슴 부위에 이르렀을 때에는 잠깐 동안 멈추었다. 그녀한테는 어떤 의지도 없었다. 그저 눈을 감고 가만히 지켜볼 뿐이었다. 그랬더니 그 손이 만세를 부르듯이 머리 위로 뻗치더니 가슴속에서 큰 숨이 후우욱, 몇 번이나 뿜어져 나왔다.

"이제 일어나셔도 됩니다."

그의 말에 눈을 떴지만 몸이 천근만근 아래로 가라앉은 것 같았다.

"기운의 느낌은 사람마다, 또 상황마다 다릅니다. 무겁게 느껴지기도 하고, 빛처럼 느끼기도 하고, 전기가 오는 것처럼 찌릿찌릿하기도 하구요."

그렇게 시작된 수련이 날마다 도를 더하고 있었다.

"그래도 몸에 너무 매이지 마세요. 그것도 집착이 됩니다."

몸으로 인해 절망이 깊었던 만큼 이 모든 일이 환희로움으로 다가오는 그녀에게 선원장이 고요한 음성으로 말했다.

센터에서의 수련은 일단 몸을 풀어주고 스트레칭 하는 동작으로 시작된다. 맨손 체조와 비슷하지만 호흡을 타고 몸을 늘렸다가 푸는 것이 핵심이었다. 그리고 손바닥으로 온몸을 치거나 관절 하나하나를 호흡에 맞추어서 풀어준다. 마침 수련실 안에는 유리창 앞에 걸터앉을 수 있는 문지방이 있어 그녀가 거기에 앉아 편한 자세로 함께 할 수 있었다.

　마지막으로 기를 모으는 행공수련을 끝내고 바닥에 조용히
앉거나 드러누워 호흡에 집중하는데 그녀의 몸이 이완되어 다
시 복부가 진동하듯이 움직였다. 아름다운 명상음악이 가슴에
스며들면서 뜨거운 눈물이 주르륵 흘러내리기도 했다.

　'그래, 그동안 얼마나 고생이 많았니……. 그녀를 측은히 여기
고 연민으로 바라보는 또 하나의 존재가 있는 것처럼 가슴속에
서 어떤 말이 저절로 울려나왔다. 그러면서 두 손이 모아져서 가
슴을 꼬옥 안아주었는데 그 순간 아이 같은 웃음이 키득키득 나
오기도 하고 눈물이 흐르기도 했다. 그리고 저절로 두 손이 모
여져 기도하는 자세가 되고 감사하는 마음이 솟구쳐 올라왔다.

　수련이 끝나고 사람들이 모두 일어났는데도 그녀는 움직이지
않았다. 버스로 돌아가는 일이 부담스럽고 엄두가 나지 않았다.
그를 똑바로 대응하기에는 용기가 필요했다. 날마다 그의 눈빛
은 더 강렬해지고 있었다. 이제는 맞바라보는 것만으로 지탱하
기는 어려운 지경이 되고 말았다.

　봉애는 다시 바닥에 누웠다. 다리와 두 팔을 허공자세로 펼쳐
놓고 두 눈을 감았다. 호흡이 점점 아래로 가라앉자 먼지 풀풀

날리는 황무지 길을 홀로 걸어가는 한 어린 아이의 뒷모습이 보인다. 더 이상 자신을 소외시키지도 억압하지도 않으리라, 새롭게 불어오는 바람을 온몸으로 맞이하리라. 조용한 의식이 파도처럼 가슴속에서 일어났다. 고개가 끄덕여지면서 저절로 눈물이 나왔다.

그녀는 버스 시간에 맞추어서 옷을 갈아입고 센터를 나왔다. 가슴은 아직도 파닥거렸지만 그런 중에도 단단한 결의가 생겨났다.

그가 광장 초입에서 그녀를 기다리기도 한 듯 마주보며 서 있었다.

"요즘 자주 뵙습니다."

머리 희끗한 2호 기사도 그와 함께 서 있다가 인사를 했다.

"네, 제가 이 버스로 출퇴근을 한답니다."

그녀가 웃으며 농담을 했다.

"자주 만나게 되면 이 사람 조심해야 되는데요."

2호 기사 역시 그를 가리키며 농담을 건넸다.

"왜요?"

"스캔들이 워낙 많은 사람이거든요. 이 사람 배우 출신이라는

버스 드라이버

거 아시죠?"

"에이, 형님 왜 또 그러십니까?"

2호 기사의 말에 그가 웃으며 끼어들었다.

"오, 그래요? 워낙 미남이라고는 생각했어요."

그녀의 호응에 그가 손을 내저었다.

"배우는 무슨, 임시 기사나 하고 사는 사람한테요."

"어헛! 그 말은 기사가 배우보다 못하다는 말이구먼. 운전기사야말로 많은 사람의 발이 되어 이쪽에서 저쪽으로 건네주는 뗏목과 같은 역할이지 않겠습니까?"

2호 기사가 그녀의 동의를 구했다.

"정답이십니다. 특히 저 같은 사람한테는 정말 좋은 뗏목이죠. 벤츠나 아우디가 따로 없습니다."

"자네는 좋겠어. 이렇게 훌륭하신 고정 승객이 계시니, 일할 맛이 저절로 나겠는 걸."

두 사람의 말을 흡족하게 듣고 있던 그가 찬물을 끼얹었다.

"누가 두 분처럼 그렇게 생각한답니까? 그저 임시 뜨내기일 뿐이죠."

"알고 보면 세상에 생긴 그 무엇도 영원한 것은 없을 걸, 뭐."

2호 기사가 통달한 듯 말했다. 흔해빠진 말이었지만 나름 내

공이 깃들어 보이기도 했다.

"이 형님이야말로 한량 중의 한량이죠. 학교 교사하다가 때려치우고 인도니 중국이니 오지여행만 다니시잖아요."

"어머, 멋있는 분이시네요."

그녀의 감탄을 2호 기사가 느긋하게 받았다.

"멋은 모르겠지만 여유는 있죠. 더 가지고 싶은 욕심도 없고, 그저 쉬엄쉬엄 살다가 가고프니까요. 생각하기 따라서는 우리의 한 생이 소풍 길과 같습니다."

"이런 고달픈 소풍이 어디 있어요?"

그가 빙글거리며 반문했다.

"천상병 시인도 그랬잖아. 소풍와서 잘 놀다가 하늘로 돌아간다고. 자네야말로 소풍 길이지 뭔가? 모델이었다가 배우였다가 이제는 운전기사까지."

그가 하하핫 유쾌한 웃음을 터뜨렸다.

"근데 진짜 배우였어요?"

그녀가 눈을 동그랗게 뜨고 물었다.

"옛날 국제패션 신사복 광고에 나온 거 못 보셨어요? 한동안 잘 나가는 스타였다잖아요."

"진짜요?"

버스 드라이버

두 사람의 괜한 허풍일지도 몰랐다. 그런데도 만일 그랬다면, 화려했을 전적이 궁금한 게 아니라 셔틀버스 기사로 오기까지의 하강곡선이 말할 수 없이 궁금해졌다.

"옛날이야기 하면 뭐해요? 지금 당장을 살 뿐인데요."

역시 한마디로 정리되는 그의 말에 세 사람은 슬며시 떨어져 나와 각자의 버스로 올랐다. 시동을 걸자 자동으로 켜지는 라디오에서 저녁 여섯 시 시보가 정확하게 흘러나왔다.

돌아오던 버스가 갑자기 길 중간에 어정쩡하게 멈춰 섰다.

차문이 활짝 열리고 그가 갑자기 길거리에 놀러 나온 사람처럼 옆 차와 노닥거리기 시작했다. 길가에 서 있던 학원버스는 아예 시동까지 꺼져 있었다. 그다지 복잡한 도로는 아니라고 해도 어쨌든 다른 차들의 흐름을 방해하고 있는 것만은 사실이었다. 더구나 버스 승객들은 영문도 모르고 그냥 길 한복판에 서 있게 되었다.

그런데다 언뜻언뜻 들리는 그의 이야기조차 잡담의 범위를 넘어서지 않았다. 거기 갔었냐? 누가 왔더냐? 좋았냐? 라는 등등. 한참을 그러고 있던 그는 한마디의 양해도 없이 다시 차를 몰았다.

그녀로서는 이해하기 어려운 행동이었다. 아이처럼 처신하고 있는 그의 단순성을 어떻게 받아들여야 할지, 침묵하고 있을 때의 육중한 존재감은 어디로 가 버렸는지 그녀는 혼란스럽기까지 했다. 그러나 그런 의구심도 한순간에 지워졌다. 백미러에 비치는 그의 얼굴은 환하게 밝았다. 여태까지 한 번도 본 적이 없는 생동감과 활력이 그의 이마와 어깨와 손 위에서 빛나고 있었다.

다음 노선에서 내리기 위해 몸을 들썩거리고 있을 때 그의 눈이 직선으로 날아왔다. 매일 마지막 운행일 때는 백화점에서 반환점까지가 그날의 정상 노선이었다. 그런데 그녀 아파트는 반환점으로 가는 길목에 있으면서도 안으로 쑥 들어가 있어서 돌아오는 길에 내리는 것이 정식 코스였다. 그러나 마지막 노선일 때는 반환점을 돌아오는 수고를 줄이기 위해 그 전에 내리는 것이 상례였다. 서너 사람들이 쇼핑백을 챙겨 일어날 준비를 하고 있을 때 그가 재빨리 백미러로 그녀를 노려보았다. 다른 사람들이 눈치 채지 못하도록 한쪽 눈만 백미러에 실려 있었음에도 그의 눈은 그녀에 대한 확신으로 빛났다. 그녀는 사랑받는 아이처럼 머리를 의자 받침대 밑으로 밀어 넣었다. 마치 상자 속에 채

버스 드라이버

집된 곤충들을 찌르고 있는 예리한 핀처럼 그의 눈은 그녀를 단숨에 자리에 꽂아놓았던 것이다. 그녀는 기꺼이 그의 눈빛에 찔려 포획되었다.

"이제 부산으로 갑니다."

그가 마지막 손님을 내려놓고 말했다. 버스 안에는 그와 그녀 두 사람만 남아 있었다. 차 엔진 소리 말고는 바스락거리는 소리 하나 없으면서도 흰 이빨이 마음껏 드러난 그의 웃음이 갑자기 심상찮아진다.

"부산으로 가도 괜찮죠?"

그의 웃음이 점점 이상해진다. 예사롭지 않은 표정 속에서 단아하던 얼굴이 기름처럼 미끄럽게 흘러내렸다. 언제나 직설적이던 눈빛이 불그레하게 풀려 있다. 그녀의 머리가 갑자기 작동을 멈춘다. 굳은살이 낀 것처럼 둔탁한 가운데 설렘과 불안함이 한꺼번에 봇물처럼 일어난다.

"제주도엘 간다면 몰라도……."

말은 엉뚱하게 나왔다. 자신이 원하는 대답이 아니었다.

버스의 방향을 바꾸기 위해 힘차게 핸들을 돌리고 있던 그가 그녀를 바라보았다. 아직 미끄러운 웃음을 흘리고 있는 중이었다.

"왜 가기 싫어요?"

앞 뒤 전말을 쏙 빼놓고 다짜고짜 밀어붙이는 그의 말투가 그렇게 천박할 수가 없다.

사실 부산이란 단순한 지명이 아니었다. 두 사람이 공통적으로 공유할 수 있는 고향 같은 것이었다. 길 한복판에 차를 세워 놓고 다른 버스 기사와 큰 소리로 이야기 할 때 그가 남도말의 억양을 사용한다는 것을 알았고, 두 사람만 남게 되었을 때는 부산 언저리가 같은 고향이라는 사실까지 서로 확인한 다음이었다.

"그러면 날 책임질 거예요?"

이런, 이건 그녀의 대답이 아니었다. 엉뚱한 말이 남의 입에서처럼 툭 튀어나온 것이다. 이런 말을 그녀가 감히 말할 리는 없었다. 그녀는 자기 존재가 무겁고 무거워, 저기 태산처럼 무거워서 누구도 책임질 수 없으리라고 어린 날부터 세포에 불길로 새긴 것이었다. 그런데도 구태의연한 그 말을 입 밖으로 내뱉고 만 것은 순전히 확인받고 싶은 욕구 때문이었으리라. 그녀에 대한 그의 눈빛은 너무나 확실하고 태도는 너무나 자연스러워서, 한 번 그렇게 말해보고 싶은 충동이 불쑥 일어났던 것인지도 모른다. 언제나 혼자만으로 꼿꼿하게 움켜쥐고 있던 자아

버스 드라이버 •

라는 것을 그렇게 한 번 놓아보고 싶었다.

그녀의 어머니는 그녀한테 늘 혼자 사는 법을 가르쳤다.

바느질을 배우면 혼자 살 수 있지 않을까, 궁리하던 어머니는 이웃 마을의 편물 짜는 아가씨를 유심히 살펴보곤 했다. 등이 굽고 키가 작고 삐쩍 말라빠진 늙은 처녀는 둑 밑의 집에서 혼자 살고 있었다. 그녀와 함께 하는 것은 언제나 편물기계 돌아가는 소리였다. 드르륵, 드르륵 밤낮을 가리지 않고 울려나오는 소리. 어머니가 바라보는 편물집 늙은 처녀에게는 둑 밑의 집이나마 자기 집이 있었고, 그리고 하루를 온전히 보낼 수 있는 일이 있었다.

그러나 그녀는 어머니의 말을 귀담아 듣지 않았다. 언제나 책상 앞에 붙어 앉아 책 속의 세계로 탐닉해 들어갔을 뿐이다. 책 속에는 많은 예외적인 인물들이 존재했고 그리고 그 인물들에 대한 정신적인 의미를 부여하는데 있어서 인색하지 않았다.

그러나 그녀는 예외적인 인물들의 성공에 대해서 입 밖에 내지 않았다. 더구나 자신의 성공적인 삶에 대해서는 더더욱 한마디도 말할 수 없었다. 다른 사람과 똑같은 삶을 살겠다고 자청하는 일은 그녀로서는 주제넘은 짓이었다. 평범한 남자를 만나

연애를 하고 결혼을 하고 그리고 아이를 낳는 일이란 그녀가 감히 넘볼 수 없는 성역처럼 여겨졌다. 이 세상에서 그녀가 할 수 있는 일이란 대단한 성취를 이룬 여장부가 되든지, 아니면 둑 밑의 여자처럼 되는 일만 남아 있었다.

그랬던 그녀가 이 말을 하고 말았다면 이건 분명 둘 중에 하나일 것이다. 농담이거나 어리광이었거나.

다음날 점심시간에 그녀가 버스로 나갔다.

정오의 햇살 아래 투명하게 정차되어 있는 버스 유리창을 보는 순간 그녀의 호흡이 불안하게 뛰기 시작했다. 어제로서 두 사람의 관계는 깨끗이 정리되었을지도 몰랐다.

"날 책임 질 거예요?"

촌스럽기 그지없는 이 발언을 던졌을 때 그가 비웃듯이 물었다.

"아직도 남편 눈치 보고 살아요?"

"그럼요, 우리 남편이 얼마나 무서운데……."

그래놓고 스스로 기가 차서 픽, 웃었다. 바람을 피려고 작정한 유부녀치고는 어이 없는 말이었다. 그러나 어디까지나 농담이 아닌가. 사내의 끌림이 어디까지인지 확인해보고 싶은 여인

버스 드라이버

네의 내밀한 욕망. 하지만 그는 그녀의 농담을 이해하지 못했다. 그는 아파트 정문 앞에 그녀를 얌전하게 내려주고 차를 돌려 나갔다.

빈차인데도 어떤 묵직한 그림자가 운전석 뒷자리쯤에서 보였다. 그의 모습이라는 것을 확인한 그녀는 버스 쪽으로 천천히 걸어갔다. 언제나 열린 채로 있던 출입문이 굳게 닫혀 있었다.

그녀는 문 앞에 서서 조심스럽게 문을 몇 번 두드렸다. 운전석 뒷자리에 웅크리고 있던 그가 귀찮은 표정으로 고개를 들더니 그녀임을 확인하는 순간 얼른 문을 열었다. 갑작스런 방문에도 놀라지 않았다. 지극히 당연한 일을 맞이하는 것처럼 오히려 자연스러운 얼굴이었다. 그러나 그렇기 때문에 더 바쁘게 처리해야 할 일이 남겨져 있는 것처럼 그는 서둘러 앉아 있던 자리로 돌아가더니 도시락을 챙겼다.

"점심 대접하려고 나왔는데요."

그녀가 버스 계단 위로 올라서며 말했다.

"도시락 먹는 중이었어요. IMF인지 뭔지 때문에 도시락까지 싸다녀요. 이게 우리 딸내미 유치원 물통인데 이걸 내가 가지고 다닌다니까요."

그는 빨간 물통을 그녀 앞에 바짝 들어올렸다. 노란 비닐 끈이 달린 조그만 물통이었다. 그가 어색하게 나오거나 갑자기 돌변한 태도를 보이면 어쩌나 불안해하고 있던 그녀는 화르륵 웃음을 터뜨렸다. 곤두세워진 긴장감이 산뜻하게 부서져나가는 순간이었다.

"제가 늦었네요. 좀 일찍 나왔어야 되는 건데. 다 못 드셨다면 지금이라도 가시죠."

"다 먹었는데요, 뭐."

그는 보온 도시락도 아닌, 일반 그릇을 회색 보자기에 싸서 운전석의 왼쪽 사물함에 갖다 넣었다. 그리고 창문을 가렸던 신문을 뜯어냈다. 그러자 유아복과 실내 인테리어의 진열대가 바로 창문 밖에 나타났다. 상인으로 보이는 사람들이 가판대 앞에서 잡담을 하는 중이었고 지나가는 행인들도 보였다. 그가 도시락을 넣고 나서 바쁘게 출입문을 열어젖혔다.

"닫아두니까 조용하고 좋은데요."

봄날 같은 바람이 불고 있는 정오였다. 작은 바람에도 회오리처럼 휴지와 먼지가 어수선하게 날아올랐다.

"사람들이 보면 이상하게 생각할 테니까, 오히려 열어놓는 것이 나아요."

그는 어쩔 수 없는 일이라는 듯 어깨를 움찔했다.

"그런데 아랫녘 사람이 왜 여기까지 올라왔어요?"

이제 그는 신문 한 장을 펼쳐 들고 버스 안을 서성거리며 물었다. 외부 사람들의 시선을 피하기 위해 나름대로 의도된 행동이었다. 뻔한 가식조차 거리낌 없이 표현하는 그가 이상하면서도, 그럼에도 두 사람이 함께 있다는 사실이 묘한 친근함으로 다가왔다.

"자기를 만나려고 여기까지 왔지."

그녀도 허물없이 내뱉었다. 이 사람을 상대하기 위해서는 먼저 복잡하고 윤색된 자의식을 버려야 한다는 것을 그녀는 본능적으로 깨달았다. 그러나 자기라는 호칭까지 붙이려고 한 것은 아니었다. 그것은 봄날 개구리처럼 갑자기 입 밖으로 툭 튀어나왔다.

"어머, 자기래, 내가 미쳤나 봐."

그녀는 자기가 뱉은 말을 보고 웃음을 터뜨렸다. 간살스러운 웃음이었다.

"괜찮아, 둘만 있을 때는."

그가 재빨리 응답해 왔다. 외부에 대한 그의 표정은 여전히 억제되어 있었지만 음성만큼은 어느새 두 사람만의 것으로 한껏 으늑해져 있었다. 어느 사이에 경어조차 사라져버렸다. 그는 그녀가 이끄는 대로 이끌려온다. 브레이크를 걸거나 잠깐, 하고 손을 바리케이드처럼 세워놓고 생각에 빠지지 않는다. 그녀의 복부가 출렁거렸다. 깊은 곳의 원색적인 비틀림이 일렁이는 파도처럼 그녀의 복부를 흔들었다.

"그런데 말이야."

그가 그녀의 깊은 바람을 알아챈 것일까.

"나는 학교 다닐 때 공부도 잘 못했고, 박사라는 건 꿈도 못 꿀 처지지만, 그런데도 한 가지는 박사야."

그는 단순하고도 우쭐해하는 소년처럼 치기어린 표정을 지었다.

"연애 하나는 끝내주게 했어."

그는 풍요로운 자신의 허리에 두 손을 얹은 채 문 앞에 버텨서서 말했다.

"아이고, 배우인지 모델인지 어련했겠어요?"

그녀가 즐거운 농담으로 받았다. 자기 속의 열기를 찾아낸 그는 어느새 외부의 시선을 잊어버렸다. 이제는 반대로, 바깥에서 잘 보이지 않도록 두 번째 자리에 앉아 있는 그녀에게 사정없이 몰입되었다. 그에게서 나이는 사라져버렸다. 빛나는 젊음과 단순한 기쁨이 그의 얼굴을 온통 감싸기 시작했다.

경계하지 않는 눈빛.

결코 다른 곳으로 돌려지지 않는 눈동자.

그 앞에서 그녀는 새로이 태어나고 있었다.

나이 마흔 살의 신생아는 그 눈빛에 대한 사랑으로 숨이 차오른다. 푸른 날개를 가진 버스가 아파트 진입로 끝에 모습을 드러내면 그녀의 가슴은 터질 것처럼 뛰어올랐다. 아니, 드러나기도 전에 언제나 그녀의 가슴으로부터 먼저 존재했고 그리고 소멸되어 갔다. 그녀의 호흡처럼 버스는 매시간마다 모습을 드러냈고, 거기에는 도대체 눈빛을 숨기려고 하지 않는 사내가 있었다. 다른 사람들 속에 섞여서 각각 다른 곳을 보고 있을 때에라도 그들의 시선은 더욱 은밀해지고 그리고 사정없이 엉켜들었다.

여태까지 아무도 그녀의 존재를 기뻐해주지 않았다.

어머니에게 그녀는 납덩어리 같은 짐이었고 평생 업고 다닌 슬픔이었다. 그리고 그녀가 만났던 몇 번의 남자. 그들은 그녀를 아끼고 존중하긴 했지만 그들 역시 연민과 곤혹스러움이 함께 하는 것이었다. 그래서 그들은 그녀의 여성성에 대해서는 아예 눈을 돌려버리는 것으로, 그것으로 서로의 평화로움을 유지해나가곤 했다. 그녀가 가장 완성된 순간이라고 믿을 때에라도 그녀는 결코 여성이 아닌, 한 인간에 속해 있었을 때뿐이었다. 여성성이 제거된 인간. 여자도 남자도 아닌, 그러므로 인간이라는 더 큰 타이틀을 갖다 붙일 수밖에 없는 존재.

이제 그는 남성의 눈으로 그녀를 바라본다. 여자를 만나는 남성의 기쁨이 그 눈에 담겨 있었다. 그런 남자의 기쁨을 확인하는 여자의 깊은 희열이 그녀의 온몸을 거듭거듭 적셔냈다.

그녀는 지하 식품의 쇼핑 봉투를 들고 출입구 유리문 안에 서 있다.

그녀의 얼굴은 붉고 가슴은 쿵쾅거린다. 그녀는 식품매장에 들어오자마자 바쁘게 서둘렀다. 별로 살 품목이 없어도 매장 안을 한 바퀴 돌다보면 시간이 늘 모자랐다. 계산대 앞에 줄이라도 길어질 때면 조바심이 났다. 몇 분이라도 더 일찍 그가 들어올 주차장 앞에서 기다리며 서 있고 싶었다. 쇼핑점 건물을 부드럽게 돌아 주차선 안으로 들어오는 그의 한 동작도 놓치고 싶지 않았다.

그에게도 새로운 버릇이 생겼다. 주차선을 따라 버스를 갖다 대면서 주변을 살피는 것이 그것이다. 그는 결코 주위를 두리번거리는 스타일이 아니었다. 자신이 아닌 한, 어떤 것에도 관심을 보이지 않는 그런 인간이었다. 그런 그가 핸들을 잡았던 장갑을 벗으면서 눈으로는 재빠르게 바깥을 훑었다. 그래도 그녀가 보이지 않을 때는 고개를 창밖으로 빼서 둘러보기도 했다. 그녀는 유리문 안에 서서 그의 사소한 행동 하나까지도 빠뜨리지 않고 바라본다. 환한 바깥의 그의 눈에는 실내의 모습이 보이지 않는다. 커다랗게 열린 눈의 두리번거림이 더욱 생생하게 다가온다.

  오늘 그의 차는 출발 시간이 지나도록 들어오지 않았다.

  주차선 안에 있던 다른 셔틀버스들은 정각 출발을 했다. 버스에서 먼저 빠져나가던 여자들이 여기저기 선 사람들을 바라본다. 형광 막대를 든 주차장 관리가 사람들 사이로 뛰어다니며 외쳤다. 길이 막혀서요. 1호 버스는 앞 시간에도 이십 분이나 넘어서 출발했습니다. 손님들께서 좀 기다려주셔야겠습니다. 죄송합니다. 앞 시간에도 늦게 들어왔다는 남자의 말이 그녀의 빗장뼈에 걸린다. 차에서 내릴 새도 없이 손님만 바꿔 출발을 했을 것이었다. 그의 뻐근한 다리가 그녀의 가슴에 고스란히 느꺼진다.

그녀는 사람들 틈을 떠나 화장실 앞 의자에 가 앉았다. 직원들이 주로 사용하는 사잇문이 옆으로 보이는 의자였다. 그도 손을 씻기 위해서나 사무실에 들릴 때면 이 문을 이용하곤 했다.

교복 입은 학생 서너 명이 조잘거리다가 떠나고 또 다른 학생들이 바꿔 들어오곤 했다. 그녀의 마음이 점점 더 무겁게 가라앉았다.

그때 그가 사잇문으로 들어오다가 멈춰 섰다. 주변을 살피며 천천히 그녀의 앞으로 다가왔다. 언제나 하는 버릇처럼 그의 두 손은 양 골반 위에 얹히어지고 몸의 무게는 한쪽 다리에 실리어진다. 비스듬하게 한쪽으로 기울어진 그의 모습은 여유로워지고 단박 긴장에서 놓여났다.

"왜 여기 있어?"

그러면서도 그는 여전히 주변을 살폈다. 그녀의 조바심과는 달리 그의 얼굴은 깨끗하고 맑았다. 어디서 세수를 하고 온 것일까.

"차가 안 오니까……."

그녀의 눈에서는 괜한 눈물이 나오려고 했다.

"나는 언제나 빨리 오고 싶지. 그런데 앞차가 안 가는 걸 어떡해?"

"그러니까 더 좋네, 뭐."

이렇게 둘이서만 마주볼 시간도 주어지고, 그러나 그 말까지
는 하지 않는다.

"나, 이번 일요일에 부산 간다."

그 말을 하면서 그의 얼굴이 환해졌다.

"같이 갈래?"

그의 눈이 더욱 커졌다. 마침내 재미난 놀이를 발견한 악동처
럼 그의 얼굴은 기대와 긴장감으로 팽팽해진다.

응, 그녀는 그렇게 대답하고 싶다. 어떤 이유나 사족도 덧붙
이지 말고 간결하고 단순하게 응, 그러고 싶다. 그러나 일요일
은 남편의 온전한 휴식을 위해 비워 두지 않으면 안 된다.

마침 그 순간 전화벨이 울렸다. 여보세요. 약간의 탁음이 섞
인 절도 있고 힘 있는 목소리. 그녀의 가슴이 쏴하게 저려진다.

아, 그래. 그래, 갈 거야. 걱정 말어. 그의 얼굴이 개구쟁이처
럼 더욱 생기발랄해졌다. 뭐라구? 응? 그는 수화기에 귀를 바
짝 댄 채 사잇문을 통해 밖으로 성큼성큼 걸어 나갔다. 교각처
럼 힘차게 대지를 밟고 있는 그의 다리 사이로 화단에 심어놓은
사철나무의 푸른 잎이 보였다. 한 번만 더 같이 가자고 말해오

면 그냥 따라나서야겠다고 마음먹는다. 하지만 남편의 유일한
숨구멍인 휴일을 내버려두고 떠나도 좋을 어떤 핑곗거리도 떠
오르지 않았다.

그들 부부의 세계는 오직 두 사람으로만 존재한다. 두 사람이
서 있는 자리는 작은 돌바닥처럼 매끈하고 간결하여 숨을 자리
라곤 애당초 존재하지 않았다. 그녀는 맨몸으로 돌바닥 위에 서
있는 것 같다. 그녀의 남편은 그 메마른 돌바닥과 그녀의 맨몸
을 사랑했다. 어떤 것도 가미되지 않고 어떤 것으로도 가려지지
않은 오로지 그녀 맨몸만의 체온을 고스라니 누리고 싶어 한다.

그의 통화는 얼른 끝나지 않았다.

그녀는 기다리고 있던 자리에서 일어나 사잇문으로 나갔다.
그가 통화를 하고 있는 화단가에 같이 기대어 섰다. 그럼, 같이
가야지. 누구긴 누구야? 애인이지. 같이 갈 거야. 아무튼 대접
할 준비나 잘해. 그는 옆에 서 있는 그녀에게 윙크까지 보냈다.
그렇다니까, 애인이 있다니까. 녀석, 의심은 많아 가지고.

봉애는 그 자리에서 먼저 빠져나왔다. 그의 의사를 확인하고
싶었지만 막상 대답할 자신이 서지 않았다.

"집안일로 내려가는 거야?"

버스를 내릴 때쯤에 그녀가 물었다.

"바다회 먹으러 놀러가는 거라니까. 부산 바람 좋잖아. 왜 싫어?"

그가 큰 눈으로 그녀에게 물었다. 거기에는 아직도 어린 아이 같은 장난기가 가득하다. 그녀는 그가 좀 더 책임 있는 말을 해주었으면 싶었다. 정말 그녀와 시간을 공유하기 원하는 건지, 일요일이라면 쇼핑센터가 쉬는 날도 아니었다. 그러나 확인을 할 사이도 없이 버스는 그녀의 아파트 앞에 도착했다. 아직 내리지 않은 여자들이 그들을 지켜보고 있다.

다음날 그녀는 미친 듯이 길거리로 뛰어나간다.

그의 버스를 잡고, 그를 두 손으로 붙잡아야 했다. 한 달에 고작 두 번밖에 쉬지 못하는 그의 휴일. 그 시간을 헛된 기대로 보내게 해서는 안 될 일이었다. 그녀는 그의 손을 붙잡고 말할 것이었다. 혼자서는 가지 마. 그래도 가야 한다면 나도 갈게. 나도 기꺼이 따라 나설게. 그러다가 그녀는 헉, 가슴이 무너지는 듯한 웃음을 쏟았다. 이 무슨 미련한 생각이란 말인가. 그는 사춘기 아이가 아니었다. 설령 사춘기라 하더라도 그런 신파조에 빠질 사람이 어디 있겠는가. 그녀는 다시 한 번 더 허탈한 웃음 속으로 빠진다. 허억. 허억…….

그렇다고 하더라도 한 번은 더 그를 만나야 했다. 이미 그는 자기 의사를 다 전달했다고 믿을지도 모르기 때문에. 짧은 만남, 그것도 다른 사람들의 시선 때문에 그는 최선을 다했다고 생각할지도 모른다. 이제 그녀는 자신의 손 안으로 넘겨져 온 공을 되돌려주어야 한다고 생각한다.

"당신은 날 좋아하지 않나 봐. 자꾸 내 곁에서 떨어지려고 그러는 게."

저녁식사 후에 달콤한 아이스크림까지 즐기며 텔레비전을 보고 있던 남편이 그랬다. 그녀는 바지를 갈아입고 있는 중이었다.

"저녁 먹은 것이 더부룩해서 좀 걸으려고 그러지."

그녀는 대수롭지 않은 일상을 가장했다. 실지로 베란다 창문 너머는 유모차를 끌거나 끌지 않은 부부들로 넘쳐나고 있었다.

"내가 만져서 풀어 줄게."

창문 밖에 눈을 주고 있는 그녀를 남편이 잡아당겼다. 그녀는 피식 웃으며 남편 옆에 주저앉았다. 어쩌면 잘 된 일인지도 모른다. 찰나적으로 가슴을 태우며 생생하게 자리 잡던 눈빛이라

버스 드라이버

는 것도 현실 앞에선 맥없이 흩어지고 마는 것을 어디 한두 번 보았던가. 단지 아프게 뚫린 구멍, 그리고 빈 허공이 남을 뿐이었다. 그녀에게 유일하게 주어진 현실은 남편이었다. 그녀는 배 대신 등을 내밀었다.

"왜 몸이 딱딱하지?"

남편이 두 손으로 어깨를 잡으며 말했다. 그는 지극히 예민한 사람이었다. 그녀는 애써 심드렁한 어투로 대답한다.

"속이 안 좋아."

"왜 그러지? 저녁도 맛있었는데."

그가 부드럽게 등을 쓸어내렸다. 양팔과 옆구리까지 꼼꼼하게 긁었다. 뛰어나가고 싶어 허덕거리는 숨소리를 남편이 눈치채지 못하도록 천천히 나누어 쉬며 자리에 엎드렸다. 그녀의 머릿속에, 가슴속에, 어떤 잡념도, 어떤 욕구도 남아 있지 않도록 남편이, 그의 무게로 왁살스럽게 눌러주기를 원했다. 하지만 남편의 손은 처음부터 끝까지 부드러웠다. 그녀는 잠들고 싶다. 그가 달려올 마지막 노선의 시간을 잠으로 지워버리고 싶다.

"아무래도 좀 걸어 다니다 와야겠어요. 지금 잠들면 밤에 어중간해질 것 같고."

기어이 남편을 떨치고 나온 그녀는 윗도리 주머니에 든 시계로 시간을 확인했다. 산책 길에 시계는 뭐하려고? 의중을 짚어낼 남편 눈을 피하기 위해 처음부터 주머니에 들어 있던 시계였다. 시간은 그가 달려올 시간에서 육칠 분가량 남아 있었다. 그러나 의외로 길이 잘 뚫려준다면 지금이라도 도착하기에 충분한 시간이었다.

큰길의 차들은 레일 안에 든 경주마처럼 쌩, 바람을 가르는 소리와 함께 달려왔다. 그가 달려올 위쪽은 심한 비탈길이어서 차들은 갑자기 폭포수 아래로 떨어지듯이 곤두박질쳐서 내려왔다. 그중의 하나라도 놓칠까봐 눈꺼풀조차 깜박이지 못하고 노려보았다. 시간은 맥박 속에서 소용돌이치며 흘러갔다.

그냥 해본 소리였는데……. 그걸 정말로 믿었어? 그 와중에도 스스로 의심하는 물음이 집요하게 파고들었다.

그냥 해본 소리였는데……, 민망하게 눈길을 거둬들이는 작은 동작 위로 스치고 지나가는 한 가닥의 연민, 또한 동정을 그녀는 놓치지 않고 바라본다. 전의 남자도 그랬고 그 전, 전의 남자도 그랬었다. 이 남자도 전의 남자가 그랬던 것처럼 예사롭지 않은 눈길을 어쩌다 한 번 건넸을 것이다. 그랬을 뿐인데, 단지 그랬을 뿐인데 가엾은 여자는 그런 줄도 모르고 또다시 춤을 추

버스 드라이버

109

기 시작했다. 미세한 바람 한 자락에도 온몸을 태우며 흔들리는 촛불처럼 열렬하게 몸이 돌아가기 시작한 것이다.

여자는 언제나 타오르는 자신의 불빛을 되비치기 시작한 남자의 눈동자를 들여다보면서 점점 더 사랑스러워지는 눈빛과 말들을 그녀의 몸 안에 차곡차곡 쌓아두었다. 나갈 통로를 찾지 못한 그것들은 그녀의 몸 안 깊숙이 똬리를 틀고 스스로 진동하는 생물체가 되었다. 이제 그녀의 몸은 미세한 기미나 움직임 하나까지도 놓치지 않는, 고성능 떨림판이 되었다.

그녀는 거의 동물적인 감각과 탐욕스런 갈구로 그들의 작은 움직임 하나까지도 놓치지 않고 빨아들인다. 그들의 작은 숨 하나가 천둥이 되고 그들의 스쳐 지나가는 눈길 한 자락이 번쩍이는 번개가 되어 그녀의 가슴속 연한 떨림판을 무자비하게 울려대고 끝내는 짓뭉개놓는다.

셔틀버스는 서 있는 그녀를 아랑곳하지 않고 지나가버렸다. 그녀는 위쪽에서 쏟아져내려오는 차량의 폭포와 반대 차선의 거북이걸음의 한 중간에서 넋을 잃고 서 있다.

좌회전하여 들어간 차는 나오지 않았다.

푸른 날개처럼 매끈하게 달려오던 버스 안에는 다른 남자가 앉아 있었다. 그녀는 버스가 들어간 길을 따라 걷기 시작했다. 버스는 정비소 한 옆의 공터에 처박히듯이 서 있었다. 빈 차의 문은 열려 있었고 버스 뒷부분의 엔진 부위가 움푹 들어가 있었다. 꽁무니의 노란 비상등이 놀란 듯이 번쩍거렸다.

오늘 처음 대리운전을 해주다가 박은 거래.

정비소 젊은 남자의 목소리가 들려왔다.

그녀는 며칠간 그의 차를 타지 않았다.

그냥 해본 소리였는데……. 그걸 정말 믿었어?

그의 비웃는 소리가 그녀의 귀에 들려왔다.

나이가 들어도 변하지 않는 백치 같은 순진성이 스스로를 구역질하게 만들었다.

그러나 찬찬히 생각해보면 그의 잘못도 아니었다. 그녀가 자신의 입장을 명확히 하지 않았던 것뿐이었다. 한 번 그렇게 돌려 생각하고 나자 그녀의 마음은 오로지 그쪽으로만 기울어졌다. 그가 변한 건 아무것도 없었다. 단지 그녀의 마음이 부정적으로 돌아갔을 뿐이었다. 어떤 전환점에 설 때마다 플러스보다는 마이너스 상태로 돌아가는데 익숙한 자신의 업식業識을 또

한 번 확인했을 뿐이었다. 이번만큼은 이겨 보리라, 심호흡을 했다.

오랜만에 버스에 오르는 그녀를 운전석에 앉은 그의 눈이 반갑게 마주보았다. 말하지 않아도 반가워하는 미소가 그의 온 얼굴 위에 지펴졌다.

"왜 이렇게 안 왔어? 삐진 거야?"

돌아오는 버스에서 그가 물었다. 막차가 아니었는데도 돌아오는 버스 안에는 그와 그녀만이 남았다. 조금은 쓸쓸한 빛으로 웃고 있는 그녀에게 재차 물었다.

"삐졌지?"

"내가 삐질 일이 뭐가 있어?"

그러나 그 한마디로 인해 자기 자신이 한 남자 앞에서 삐질 수도 있구나, 새삼스런 기쁨에 머리가 확 뚫린다. 그리고 소외되어 있던 감정에서 단박에 빠져나왔다.

버스 타는 일이 꿈만 같아진다.

그가 시간에 맞춰 버스 위에 오르면 먼저 그녀를 향해 눈을 날려 보냈다. 차에 키를 꽂는 순간 그의 눈이 잽싸게 그녀를 향해 날아오는 것이다. 그녀의 얼굴 역시 붙박히듯 앞의 백미러를 보고 있다가 재빨리 그의 눈을 받아들였다. 이건 두 사람만의 인사이자 사랑법이었다. 이 의례는 점점 더 다정해지고 뜨거워져서 이제는 그녀의 몸 전체로 그의 눈을 받아들인다. 그와 그녀 사이에 아무리 많은 사람들이 있다고 해도 그들의 은밀한 눈길을 막지는 못한다. 그것은 말없이, 그리고 번개처럼 한순간에 그들의 존재를 서로 나누어가졌다.

그러나 그녀는 그 눈빛 때문에 울고 싶다. 품안에 둥글게 안겨오는 무릎처럼, 따뜻하고 말랑말랑한 몸뚱이처럼, 그녀는 그 눈을 끌어안고 펑펑 울고 싶다.

나의 몸속 어디에 이토록 강한 남자의 목표점이 고스란히 간직되어 있었던가, 다른 어떤 아름답고 형이상학적인 언어로도 드러나지 않던 곳, 어떤 행복이나 웃음에 의해서도 자극된 적이 일찍이 없었던 곳, 오로지 한 남성의 강력한 눈빛으로만 녹일 수 있는 이토록 관능적이고 뜨거운 욕망의 용광로가 숨어 있던가.

그러나 그녀는 울지 않는다. 이제 눈물로서가 아닌, 존재 전체로 그의 눈빛을 감당해내려고 한다.

6

"오늘은 이쪽으로 한번 가보입시다."

마지막 주행의 반환점에서 그녀가 너스레를 떨며 위쪽을 가
리켰다. 그곳은 버스 노선과는 정반대 방향인 시외로 빠지는 길
이었다. 최근에 고급스러운 카페들이 많이 들어선 곳이기도 했
다. 그러나 그는 정해진 약속이 있어서 바로 가야 된다고 했다.
입시 학원에서 학생들의 야간 통학을 부탁해 왔다는 것이었다.
그럼 종일 일하고 밤에도 또 일해야 되잖아, 그녀가 안타깝게
눈을 찌푸렸다. 가 봐서 조건이 서로 맞으면 할 거고……. 그의
낮고도 굵직한 음성에서 그녀는 부성애를 느낀다. 남자로서의

믿음직함, 그러면서 벗어날 수 없는 생활의 굴레 같은 것.

잘 갔다 와. 의자에서 일어서면서 그녀가 손을 내밀었다. 그의 앞에 내밀어진 손을 바라보면서 그는 웃기만 했다. 오늘 데이트도 못했는데 손이라도 잡아 줘. 그녀의 재촉에 그가 비로소 손을 잡았다. 그의 손은 조심스럽게 그녀의 손끝만 가볍게 쥐었다가 놓았다.

그녀는 점심시간 바로 전에 버스를 탔다.

퇴근 후에 다시 학원 일을 시작한 그는 전혀 시간을 내지 못했다. 그는 이제 그녀의 아파트 앞에 내려주고는 바쁘게 버스를 돌려 나갔다.

보통 때에는 달리 엉뚱한 시간에 나타난 그녀를 보고 그의 얼굴이 굳어졌다.

뒤에 앉은 그녀가 기다렸지만 그의 눈은 백미러 위에 올라오지 않았다. 딱딱하게 경직된 얼굴로 앞만 보고 있다가 쇼핑점에 도착하자마자 승객들보다 먼저 내려가 버렸다. 어쩔 줄 몰라 엉거주춤한 그녀에게 그가 버스 창문을 들여다보며 말했다.

"밥 먹으러 안 가고 왜 앉아 있어요?"

새삼스런 경어였다. 눈꼬리만으로 슬쩍 쳐다보는 거나 상체를 건들거리는 몸짓에는 비하의 표정이 가득했다. 앞서 걸어가는 그의 뒤를 따라가는 자신의 모습이 오, 육십 년대의 싸구려 흑백영화 같다는 생각을 한다.

식당에 들어서서도 그는 서둘러 홀 위로 올라가버렸다. 그녀 혼자 신발장 앞에서 불편한 구두를 벗으려 하고 있을 때 카운터에 있던 주인 여자가 급히 뛰어나왔다. 그리고는 뻣뻣한 다리에 신긴 봉애의 구두를 두 손으로 움켜잡고는 벗겨주었다.

그는 일부러 사람들 눈에 잘 띠는 입구에 자리를 잡고 앉았다. 그러고는 옆자리에 있던 신문을 당겨와 읽기 시작했다. 그녀는 쓴웃음만 나왔다. 남의 시선 때문에 어쩔 줄 몰라 하는 사내나, 그런데도 그의 곁에 붙어 있으려고 기를 쓰는 여자나 갈데까지 다 간 군상이었다.

"이것 좀 보세요, 아저씨. 신문 치워놓고 사람 좀 쳐다보셔요. 같이 밥 한 끼 먹는 것이 그렇게 큰 죄를 짓는 겁니까?"

그녀는 어이가 없어서 차라리 웃었다. 그는 신문을 한쪽으로 밀쳐두고 여전히 뻣뻣하게 앉아 있었다. 그녀가 불고기를 주문했는데도 굳이 갈비탕을 먹겠다고 우겼다. 기름이 둥둥 뜬 국물을 휘저으며 전에 버스에서 잠깐 언급했던 여자 이야기를 다시 꺼내기 시작했다. 연애박사로 가볍고 유쾌하게 표현되던 그때의 편력이 갑자기 무거운 자책감으로 쏟아져 나왔다. 그 여자와 헤어지는 일이 얼마나 힘들었는지, 그리고 그 후유증이 아내한테 얼마나 깊이 남아 있는지에 대해서 늘어놓았다.

"아내를 정말로 사랑하는구나."

그녀는 묵묵히 듣고 있다가 문득 그랬다. 그건 질투도 부러움도 아니었다. 그냥 그 상태를 인정하는 말이었다. 그리고 할 수 있다면 그녀 자신도 인정받고 싶었다. 그가 그녀를 사랑하지 않는 것이 아니라면, 겉으로는 냉정하게 굴어도 속마음 깊숙이 그녀를 받아들이는 정이 한낱 거짓이 아니라면 그녀도 그렇게 인정받고 싶었다.

"사랑은 무슨……? 같이 늙어가고 있는 연민 같은 것이지."

그의 말에 그녀가 고개를 끄덕였다. 진심으로 그의 말에 동조하는 그녀의 끄덕임 속에는 그에게 받아들여질 자신에 대한 연민도 섞여 있었다.

"같은 고향 사람으로 봉애를 동생처럼 생각한 것이지, 다른 뜻은 없었어."

그려놓은 것처럼 선명한 그의 입술이 단호하게 닫혔다.

식당에 들어올 때처럼 나갈 때에도 그는 먼저 횅하니 나가버

버스 드라이버

117

렸다. 그녀는 버스 쪽으로 가고 있는 그와의 반대 방향으로 바꾸었다. 그리고 서점에 들어가서 시간을 보내다가 시집 한 권을 골라 나왔다. 밖에는 가랑비가 소리 없이 내리고 있는 중이었다.

벌써 두 시 노선을 한 바퀴 돌아온 그는 광장 앞에 서 있다가 멀리서 걸어오고 있는 그녀를 발견하고는 건물 안으로 들어가 버렸다. 그의 어깨는 빗속에서 구부정해 있었다. 그때 마침 주차장에서 걸어 나오던 2호차의 신 기사가 그의 뒷모습을 가리키며 물었다.

"이군이 오늘 왜 저래요?"

그냥 웃고 마는 그녀한테 말했다.

"하긴 이군이 친절하지는 않지요. 그래도 뭐, 너그러운 분이 용서하세요."

그러고는 하하핫 웃었다.

돌아오는 내내 백미러에 눈길 한 번 주지 않던 그의 버스에서 내리면서 그녀가 말했다.

"타는 사람이 아무도 없네."

비가 오는 탓인지 버스를 기다리는 이가 아무도 없었다. 그 적막함을 지우기 위한 것이었는지, 아니면 단호한 그의 태도에

도 불구하고 바뀔 것은 아무것도 없다는 것을 알리기 위함이었
는지 그녀는 아이처럼 맑은 음성으로 그랬다. 타는 사람이 아무
도 없네. 그리고 그녀는 계단을 천천히 내려왔다. 버스는 이제
그녀에게 두려움의 대상이 아니었다. 그가 눈을 내려 깔고 그녀
의 발밑을 바라보다가 반대편으로 얼굴을 돌려버렸다.

그녀는 여전히 버스를 기다린다. 그의 결벽성, 도덕성은 언제
라도 무너질 것이었다. 그건 인간을 구속하긴 했지만 본질적인
것은 아니었다. 피상적인 도덕, 타의적인 규범이란 언제라도 인
간의 원초적인 생명력 앞에서 무너질 것이었다. 그녀는 그것을
믿었다. 자기 스스로 부대끼고 닳아서 무릎 꿇지 않는 한 그것
은 반드시 그렇게 될 것이었다.

그러나 그녀의 몸은 더 이상 그를 바라보는 것만으로 만족하
지 못한다.

그에 대한 갈증으로 그녀의 몸은 아우성치고 몸부림쳤다. 나
를 안아다오, 나를 안아서 그 길을 건너다오. 이제 그녀는 그의
앞에서 애원한다.

안 돼, 그때마다 그는 냉정하게 돌아섰다. 왜 안 된다는 거야? 그녀의 절규 속에서도 그의 거부는 고집스럽게 계속된다. 나는 그럴 수 있는 입장이 못돼.

왜 이런 상태에 들어서게 되었는지 그녀는 이해할 수 없었다. 그녀를 향해 뜨거운 화톳불을 붓듯이 쏟아지던 그 남자의 눈빛은 어디로 갔단 말인가. 지금도 그의 눈빛은 달라지지 않았다. 다만 예전의 그 눈빛이 드러내지 않도록 조심하고 있을 뿐이었다. 그녀에게는 조심성으로 긴장되어 있는 그의 눈빛이 보였다.
　얼마 전 그와 마주칠 때도 그랬다.
　그녀는 며칠 만에 쇼핑센터에 들렀다가 나오는 길이었다. 그는 버스에서 내려 건물 안으로 막 들어서다가 엘리베이터 입구에서 마주쳤다. 그 순간, 별안간 무방비 상태로 노출된 두 눈은 서로를 흡입하듯이 그 자리에 멈추어 섰다. 한동안 감정을 드러내지 않기 위해 조심스레 챙기고 있던 두 사람의 눈이 그 순간 경황 중에 마주치고 만 것이다.
　"이사가버린 줄 알았잖아."
　그가 먼저 정신을 차려 실타래처럼 감겼던 시선을 풀었다. 그의 얼굴은 외로움과 쓸쓸함으로 어둑해져 있었다.

"하도 오랫동안 차를 안 타길레 이민 가버린 줄 알았어."

그의 중얼거림에 그녀의 얼굴이 활짝 피어났다. 그의 버스를 타지 않았던 것은 지난 나흘에 지나지 않았다. 그것도 그녀가 운동을 하러 나오지 않는 토, 일요일과 두 주 만에 돌아오는 쇼핑센터의 휴일인 월요일까지 끼어 있어서 그녀가 의도적으로 타지 않았던 날은 불과 하루뿐이었다.

그런데도 그는 그녀가 오랫동안 차를 타지 않았다고 말하고 있었다. 이것은 그동안 내내 그녀를 기다리고 있었다는 말이 된다. 그 말 한마디에 기죽어 있던 그녀의 가슴속 불꽃이 확 살아났다.

비가 내리는 날이었다.

금방이라도 머리를 적실 것처럼 낮아진 하늘과 종일 추적거리는 빗소리가 한 생각을 더 외곬으로 몰아붙였다. 마지막까지 자신을 가라앉히고 있던 그녀는 더 이상 참지 못하고 밖으로 나왔다. 비는 잠시 주춤해져 있었다. 이윽고 아파트 진입로로 들어서는 푸른 날개의 버스. 마지막으로 타고 있던 손님이 그녀의 앞에서 내렸다. 그나마 운이 좋은 날이었다.

버스 드라이버

버스에는 김인수, 이동원의 「향수」 노래가 흘러나오고 있었다. 지난번 그녀가 운전석 옆에 두고 내린 것이었다. 그는 그녀가 차에 타고 있을 때면 자주 이 노래를 들어주곤 했다.

"이 시간에 봉애가 탈 것 같은 예감이 들었어. 그런데 정말 차 앞에 서 있잖아. 그래서 얼른 이걸 틀었지."

이럴 때의 그는 정말 다정다감한 연인 같다. 여태까지의 침묵, 의도된 무관심, 이런 것에 대한 섭섭함은 뿌리도 없이 사라진다.

"내가 안에 들어가서 치킨하고 음료수 사가지고 올게."

오랜만에 만나는 그의 솔직한 표현에 그녀는 아이처럼 즐거워진다. 그리고 마음껏 풍요로워진다. 오늘만큼은 안기고 싶어서 안달하지 않을 자신이 있었다. 그리고 처음처럼 다시 시작하고 싶어진다.

"안 돼, 시간이 없어."

그가 정해놓은 선이 여지없이 다시 그어졌다.

"잠깐이면 되잖아."

많은 시간을 요구하는 것이 아니었다. 비 내리는 이른 저녁에 호젓한 길을 골라 나무 밑에 차를 세워놓고 도란도란 이야기하고 싶었다.

"일 끝나고 카센터에 가야 돼. 앞 창문에 금이 갔는데, 거기로 비가 들이쳐서 이슬이 생겨."

그녀는 앞 창문을 살펴보았다. 어디에 금이 생겼는지 잘 보이지 않았다.

"내일 고쳐."

그녀는 아이한테 말하듯이 짧게 말했다. 다시 답답해오는 실망과 좌절로 그녀의 말이 목구멍 안으로 잠겨들었던 것이다.

"차에 문제가 생겼다는 것을 알 사람은 다 알고 있는데 어떻게 내일까지 미뤄? 그리고 내일도 비가 온대잖아."

그가 짜증을 냈다. 아무리 그렇다고 해도 손바닥만큼의 시간도 할애하지 못할까, 그녀는 그저 답답하고 숨이 막혔다.

플라자 주차장에 들어서자마자 빗속에서 기다리고 있던 사람들이 뛰듯이 올라왔다. 치킨도, 맥주도 살 일이 없어진 그녀는 그냥 자리에 앉아 있었다.

버스 가득 채우고 있던 승객들은 반환점 아파트 앞에서 모두 다 내렸다.

"손님은 어디에서 내리실겁니까?"

뒷자리에 혼자 앉아 있는 그녀에게 소리쳤다.

"은행 앞에서 내려줄 거잖아."

버스 드라이버

123

그녀가 퉁명스럽게 대답했다. 들어오다가 그녀는 은행 앞에 서 있는 낯익은 학원버스를 보았던 것이다.

"친구한테나 가서 잘 놀아."

그녀는 더 퉁명스럽게 말했다.

"친구는 무슨 친구야. 나이가 아래라도 한참 아래인 사람한테."

그가 턱없다는 듯이 소리를 버럭 질렀다.

"나이가 아래인지, 위인지 내가 버스 안의 사람을 보기나 했어? 남자라면 다 눈 까집고 보는 그런 여잔줄 알어?"

그녀 역시 지지 않고 대든다.

"누가 그랬다고 했어?"

그의 목소리는 계속 높아져 있었다.

"그럼 왜 소리를 질러?"

유치하기 그지없는 실랑이었다.

"화내지 말고 잘 들어가. 화내면 몸에도 나빠."

그의 목소리가 별안간 낮아졌다. 많이 생각해 주십니다그려. 그녀의 심사가 뒤틀렸다.

"세상에는 사람들로부터 용인받지 못하는 진실도 있는 거야."

그녀는 사납게 소리쳤다.

그러나 그 말이 부끄러웠다. 구태여 이런 말을 하지 않으면 안 될 진실이라면 그것이 무슨 진실이겠는가. 그는 그녀의 진실을 밀어내고, 밀어내어진 진실은 그를 설득하기 위해 온갖 수모를 다 겪고 있었다.

7

도저히 견딜 수가 없다

그녀는 싱크대 아래에서 오래된 소주병 하나를 찾아냈다. 남편은 소주 따위는 마시지 않았다. 맛있는 정찬이 준비될 때에라야, 그것도 아내가 옆에 있을 때 그는 가장 우아하고 한가로운 품으로 와인이나 정종을 마신다. 남편은 회사에서의 왁자지껄한 회식도 싫어했다. 특히 조미 없이 구워지는 삼겹살과 어떤 풍미도 느낄 수 없는 소주를 경멸했다. 그런데 어떻게 해서 소주병이 싱크대 아래 있었던 것일까. 작년 여름 포도주를 담을 때 붓고 남을 것일까.

그녀는 싱크대에 서서 한 잔을 먼저 홀짝 마셨다. 그리고 소주병과 컵 한 개만을 달랑 들고 남편에게로 갔다.

"술 한 잔 하실래요?"

그녀는 남편 방문 앞에 기대서서 소주병을 흔들었다. 헤벌어진 그녀의 입 앞에서 소주병이 흔들렸다. 남편이 놀란 눈으로 그녀를 바라본다. 책상 위에는 그래픽 디자인 책이 펼쳐져 있었다. 그는 컴퓨터 그래픽의 새로운 버전을 공부하고 있는 중이었다.

"당신 왜 그래? 갑자기 미쳤어?"

어리둥절해진 그의 입가에는 웃음마저 어린다.

"그래, 나 미쳤나 봐. 갑자기 술이 왜 먹고 싶어지지?"

그녀는 이미 술에 취한 듯이 해롱대기까지 한다.

"오늘 무슨 일 있었어?"

남편의 말이 떨어지기도 전에 그녀는 고개를 흔들었다.

"아니, 아무 일도 없었어. 그냥 한 잔 하고 싶어. 그냥이야."

차라리 남편에게 털어놓고 싶었다. 그리고 어떤 식으로든지 그에 대한 이 지긋지긋한 몰두에서 벗어나고 싶었다.

"안주해서 조금만 먹어. 그냥 깡술 들이키지 말고. 술도 못 마시는 사람이 무작정 마셔대고는 또 날 애먹이려고."

버스 드라이버

127

지난날을 떠올리며 남편이 웃었다.

친정어머니가 돌아가시고 나서 그녀는 생전 처음으로 소주 한 병을 다 비웠다. 그리고 화장실 바닥에 널부러져버렸다. 손끝 발끝까지 까부라져서 움직일 수도 없었지만 타일 바닥의 감촉이 너무 시원했다. 남편은 그녀를 끌어내고 토사물을 받아내느라 그날 밤을 꼬박 새웠다. 남편 앞에 쏟아놓은 것은 오물만이 아니었다. 차마 맨정신으로는 할 수 없었던 것들, 속에 쌓였던 이야기, 자기 서러움, 묵은 서러움까지 다 쏟아냈다. 남편은 묵묵히 이 모든 찌꺼기들을 다 받아 삼켰다.

그녀도 그때의 일을 떠올리곤 피식 웃는다. 벌써 몇 년이 지난 일이었다. 인생은 굽이굽이 돌면서 흘러간다. 어제 일어났던 일이 오늘 또 일어나기도 하고 전혀 뜻하지 않은 일이 언뜻 휘몰아쳐오기도 한다. 하지만 냉정히 생각해보면 모두가 예정된 일이었다. 오늘이 갑자기 오늘의 섬으로 불쑥 떠올라온 것은 아니었다. 어제, 그저께 우리는 벌써 손을 들어 오늘을 불렀던 것이 아니었을까.

그 남자도 어느 날 불쑥 그녀에게로 끼어들어온 것이 아니었다. 그녀는 늘 부르고 있었다. 누군가를 향해, 그 무엇인가를 향해 노란 깃발인지, 푸른 깃발인지를 휘두르며, 단지 그걸 감당

해낼 현실적인 힘이 없어서 의식 아래 꽁꽁 싸놓았을 뿐이었다.

부디 꿈처럼 지나가기를. 깨고 나면 그만인 한바탕의 꿈처럼.

"여보."

안방에서 혼자 소주를 홀짝거리던 그녀가 엉덩이를 뭉그적대며 남편 방으로 기어갔다. 소주병의 삼분의 일쯤이 비워져 있었다.

"여보, 나 말이에요. 부탁이 있어요."

남편이 모니터를 보고 있다가 고개를 돌렸다.

"나 있잖아요."

"뭔데 그래? 뜸을 다 들이고."

"나 말이에요. 당신의 마누라로만 생각하지 말고……."

붉게 충혈된 그녀의 눈은 쫓기는 짐승처럼 애절했다.

"나를 동생처럼, 딸처럼 생각해줘요."

불현듯 그녀는 이 부분에서 흐느끼고 싶다.

"내가 그런 사람이잖아. 당신을 딸처럼, 누이처럼, 언제 어디서나 지극히 사랑하는 그런 사람."

남편은 스스로 흡족했다. 왜 그런 말을 하느냐고 물어오지 않았다. 의아한 눈빛이나 이상한 표정을 보내오지도 않았다. 남편은 그녀에 대한 사랑을 확신했고 아내 또한 그러할 것을 믿어 의심하지 않았다. 그녀는 미안함과 동시에 안도감을 느낀다.

그럼에도 그녀는 그 남자를 밀어내지 못한다. 그를 단 한 번만이라도 가슴에 품고, 그를 통과해내고 싶다. 그는 이 강에서 저쪽 기슭으로 그녀를 건너 줄 지금의 유일한 뗏목이다. 강을 건너고 나면 그에서 놓여날 것이다. 그도 그러기를 바랄 것이다. 그러니 당신, 부디 눈을 감아주세요.

"그러니까 여보. 나에게 오빠처럼 아버지처럼 대해줘요."

그 남자에 대한 격정으로 그녀는 애꿎은 남편한테 매달린다.

"알았어."

남편이 만족하게 웃으며 대답했다.

"당신은 남편만 아니죠? 아버지도 되고 큰오라비도 되는 거죠?"

그녀의 타오르는 흐느낌은 술주정으로 바뀌어 진다.

"나는 늘 당신한테 아버지야, 그리고 큰오빠고."

남편은 의자에서 내려와 그녀를 껴안는다. 그녀 역시 팔을 와락 뻗어 남편의 목을 끌어안았다.

"아이쿠, 이 철딱서니 없는 것."

등어리를 토닥거려주는 남편에게 그녀는 계속해서 중얼거린다.

남편만으로는 안 돼요. 그럴 거죠? 예? 예?

　남편의 등에는 깊은 우물이 있다.

　어디에서부터 시작되어 어디로 흘러가는지 알 수 없는, 깊은 우물.

　햇빛 한 번 들지 않는 그것은 남편의 몸에 비밀스럽게 숨어 있다.

　그녀는 매일 밤 손바닥을 펼쳐서 그의 등을 어루만진다. 남자라기에는 지나치게 희고 매끄러운 피부이다. 그러나 그의 어깨뼈만큼은 레슬링 선수를 능가할 정도로 단단하고 억세게 튀어나와 있다. 다리 대신 그의 몸을 하루도 쉬지 않고 떠받치고, 끌고 다니는 중에 이룩된 노고의 성과이다.

　두 사람이 결혼하겠다고 마음먹었을 때, 그녀는 철봉에 매달린 그의 사진을 어머니한테 보여주었다.

　두 줄의 철봉이 하늘을 가로지르고 남편은 독수리 발톱처럼 단단한 그의 두 팔로 쇠기둥을 움켜잡았다. 그리고 위로 솟아오른 그의 머리는 창공에 높이 떠 있다.

　어머니는 돋보기를 쓰고 사진 속을 오랫동안 들여다보았다.

버스 드라이버

그리고는 피곤해진 눈을 비비며 방바닥에 내려놓았다. 펄렁 내던진 것 같기도 하고, 예사로운 것 같기도 한 애매한 동작으로.

 그녀의 손은 계속해서 남편의 등을 쓰다듬는다.

 남편은 아내의 손이 따뜻하다고 말한다. 너무나 피곤해서 엉망으로 흐트러진 몸을 그녀의 손이 다리미처럼 펴고 있다고 말한다. 그의 음성은 안온하고 평화로웠다.

 위를 지나온 그녀의 손이 허리에 다다르기도 전에 갑자기 절벽처럼 꺾어진다.

 안으로 푹 파여서 들어간 곳. 끝이 보이지 않는 곳. 그녀의 가장 긴 손가락, 중지가 아무 생각 없이 그곳으로 미끄러져 들어간다.

 그러나 순간적으로 움츠려드는 그의 깊은 폐허. 남편은 자주 그곳을 폭격 맞은 폐허라고 표현하곤 했다. 그의 넓은 등이 여진에 흔들리는 것처럼 후르르 떨렸다.

 아파? 그녀가 묻는다.

 아픈 건 아니고…… 남편이 그랬다. 반사적인 두려움 같은 거지. 당신 손이 닿기도 전에 그곳이 먼저 긴장해버리는 것.

 아직도 긴장해?

그의 등이 그녀의 손을 받아들인 지 이미 십수 년이라는 세월이 지났다.

아직도 긴장되는 거야?

그녀는 다시 묻는다. 물음이라기보다는 느낌표 같은 것이다. 감탄이나 자조, 비탄이 섞인.

내 손이 아닌 한 그래. 물론 머리로는 알고 있지. 그렇지만 머리와 닿기 전에 그쪽이 먼저 경계 태세에 들어가는 거야.

남편이 다시 말했다.

그곳에 손가락을 넣기 전에 당신이 그 주변을 더 오랫동안 쓰다듬어주어야 해. 정성껏 위로하는 마음으로. 부디 그렇게 해야 돼.

이때는 남편도 자신의 상처에 대한 객관적인 타인이 된다. 스스로도 어쩔 수 없이 함몰된 상처가 또 하나의 존재로써 그 앞에 버텨 선 것이다.

안 그럴 수가 없지.

남편은 베개에 머리를 붙이고 돌아누웠다. 그녀 손바닥이 여전히 그의 등을 따라간다.

그 안이 곪아서, 화산처럼 부풀어 올랐는데, 그 어린 날에 말이야. 의사가 칼을 대자마자 그것이 터져서 용암처럼 흘러내렸어. 그 욱신거리는 고통 때문에 머리가 막 흔들거려. 흔들거린

버스 드라이버

다는 것은 느낌 속에서의 표현이 아니야. 실제로 그 상처가 한 번 욱신거릴 때마다 온몸이 흔들리고 머리가 제멋대로 막 흔들거리는 거야. 지진이랑 똑같아.

남편은 다섯 살 때의 일을 지금처럼 기억하고 있다.

그 안이 짓물러서 피고름이 쏟아져 나오는데 그걸 닦아낼 때마다 하얀 무명천이 한 보따리씩 들어가. 늘 집안에서 빨래 삶는 잿물 냄새가 났어. 그리고 방안에 누워서 문 밖을 내다보면 하얀 무명천이 마당 가득히 널려 있곤 했어.

마그마처럼 흘러내리는 피고름을 막은 것은 항생제도 주사도 아닌 쌀이었다. 부풀어 터진 제방을 막고 메워 준 것은 하루에 세 끼 상식常食하는, 그야말로 천지에 흔하디흔한 하얀 쌀이었다. 그의 어머니는 새벽마다 우물에서 정화수를 길어와 빛나는 은그릇에다 쌀을 불렸다. 그리고 기도와 당신의 타액으로 반죽하여 입안에서 암죽을 만들었다. 그걸로 어린 아들의 파헤쳐진 웅덩이를 메워 나갔다. 나아가는 속도는 한없이 더디고 가슴은 더 이상 남아나는 게 없도록 졸아들었지만 과연 효용이 없는 건 아니었다.

일흔이 다 되어서까지도 남편 어머니의 몸은 잽싸고 날랬다.

어머니 집의 마당에는 넓은 수도간이 있어서, 봄 여름이면 거기에서 자주 발을 씻곤 했다. 그녀는 마루에 앉아 시어머니의 뒷모습을 바라본다. 시어머니는 발등 위에 노란 바가지로 먼저 물을 좍좍 붓는다. 그리고 비누로 한 발을 문지르기 시작한다. 어디에 기대거나 엉거주춤한 자세가 아닌, 날렵하게 위로 들어 올린 발을 능숙하게도 재빠르게 두 손으로 문지른다. 그동안 대지에 연결된 나머지 한 발은 이 모든 무게를 감당하고도 한 치 흐트러짐 없이 꼿꼿하게 서 있다. 날씬한 발목에서부터 종아리, 엉덩이를 지나 앞으로 구부려진 허리선에 이르기까지 팽팽하게 연결된 몸의 실루엣은 완벽하고도 정확하게 이어져 있다. 칠순이 다 된 것을 알려주는 것은 이제 더 이상 통통하지 않은 종아리 근육뿐이었다. 그러나 관절과 관절을 잇고, 근육과 근육을 이어주는, 보이지 않는 그 무엇만은 전혀 지체되거나 녹 쓸지 않았다.

이제 시어머니는 다리를 바꾸어, 여태 공중에 떠 있던 발이 아래로 내려지고 대신 대지를 딛던 발이 위로 올라갔다. 이 모든 과정이 의식조차 없이 미려하고 순수하게 이루어진다.

그랬던 시어머니의 치아가 모두 무너져 내렸다.

아직도 몸의 움직임이 처녀처럼 아름다운 어머니.

몇 번이나 상한 이를 갈아내고 덧씌워서 보존하고 부분적인 틀니로 유지해오던 이를 하루아침에 몽땅 다 뽑게 된 것이다.

애, 합죽 할망구가 되어서 외출도 못해, 전화선으로 들려오는 시어머니의 말에서는 받침이 모두 사라져버린 뒤였다. 공중에 떠다니는 이상한 물체처럼 그것은 날개도 없이 흥흥흥 날아다녔다.

이빨 없는 그게 무어라고 아들 생일도 잊어먹게 만드냐? 내가 다시 마음먹고 이렇게 달려왔다. 초인종이 부서질 만큼 힘차게 누르고 뛰어 들어온 어머니는 선홍색 핏물이 흐르는 쇠고기 덩어리를 싱크대 위에 내려놓았다. 노인의 몸짓은 여전히 활발했고 눈빛은 형형했지만 말은 형체 없는 괴물체처럼 공중에 흥흥흥 날렸다.

봉애의 눈길이 자꾸 엉뚱한 곳으로 날아갔다.

반쪽이 무너진 것처럼 함몰된 어머니의 얼굴은 평소의 살찐 입술까지 초라하고 빈약하게 만들었다. 그냥 보는 것조차 민망하여 그녀의 눈길은 자꾸 다른 곳을 맴돌았다.

다음날 아침, 남편은 일찌감치 출근하고 두 사람은 커피를 마시는 중이었다. 내 이빨이 이렇게 무너진 게 하루 이틀에 일어난 일이 아닌 게야. 어머니가 그랬다. 그 아이 몸이 그렇게 되고 나서부터는 이빨이 성한 게 없었으니까. 매일 울면서 생쌀을 씹어 붙이느라고 쉴 틈이 없었는데 제아무리 단단한 이빨인들 어떻게 남아나겠니? 그녀는 고개를 끄덕였다. 세상에 흔적이 남지 않는 일이란 존재하지 않는 법이니까.

이런 얘기, 네 남편한테는 말하지 마라.

그렇게 말해놓고 어머니는 웃었다. 아들에 대해서 예의를 지키는 어머니. 그녀도 따라서 웃었다.

그 어머니가 중풍에 걸렸다. 왼쪽 뒷머리와 옆면에 혈관이 막힌 뇌경색이었다. 말이 잘 되지 않고 오른쪽 팔과 오른쪽 얼굴에 마비가 왔다. 한 달이 넘는 입원치료로 마비증상은 많이 완화되었다.

그러나 끝나지 않는 통원치료.

몸의 움직임은 거의 다 제 기능을 찾은 편이지만 말은 나빠진 채 정지되어버렸다. 민첩한 몸놀림만큼 말도 똑 부러지게 명료하던 어머니가 이제 표현하고 싶은 말의 반의반도 해내지 못한

다. 갓 말을 배우는 아기처럼 간단한 한두 마디 정도만 겨우 할
수 있을 뿐이다. 형용사나 접속어가 들어간 말을 떠올릴 때면
여지없이 앞말과 뒷말의 연계관계를 잃어버리고 허둥대다가 똑
같은 말만 반복한다.

그리고 어이없이 터져 나오는 웃음.

말을 잃어버린 어머니의 웃음은 기나긴 한숨이나 울음의 또
다른 표현이다.

남편은 어머니가 말을 못하는 것이 아니라고 우겼다. 자신은
어머니와 의사소통을 하는데 어떤 어려움도 겪지 않는다고 그
랬다. 그러나 이제 와서 현실적으로 어머니가 제일 잘 할 수 있
는 말은 안 돼, 뿐이다.

말을 시작하다가도, 어떤 때는 한두 단어를 늘어놓다가도 말
이 막힌 어머니는 손가락으로 자신의 입을 두드린다. 안 돼, 안
돼, 그 순간에 가능한 유일한 말이었다.

그때마다 남편이 그랬다.

안 되는 것 아니에요. 천천히. 천천히 하셔요. 난 다 알아들을
수 있어요.

한 번은 통화를 하던 중에 급작스럽게 전화가 끊어져버렸다.

아들이 사랑하는 어머니와 어렵고도 조심스럽게 말을 이어가고 있던 중이었다. 남편의 얼굴이 놀람과 슬픔으로 일그러졌다.

어머니가 갑자기 전화를 끊어버렸어.

다리미질을 하면서 귀를 기울이고 있던 그녀가 얼굴을 들어 남편을 바라보았다.

어머니가 뭐라고 그랬는데 내가 못 알아들었어. 그랬는데 갑자기 전화를 끊어버리시는 거야.

남편은 어떻게 해야 할지 모르는 황망한 얼굴이 되어 있었다.

전화선이 잘못되어 끊긴 것이 아니고?

그녀의 물음 이전에 남편의 얼굴은 이미 실망과 낙담으로 무너지고 있었다. 그리고 한없이 슬퍼졌다.

아니야, 그냥 내려놓으셨어. 뭐라고 그러셨는데, 내가 그걸 못 알아들은 거야.

화가 나신 것은 아니고?

그녀의 재차 확인에 남편이 조금 높은 소리를 냈다.

그런 게 아니라니까.

그리고 알아듣지 못한 말에 대해서 깊은 생각에 빠졌다.

그 의문은 하루를 지나고 난 다음날 밤에 풀렸다.

불을 끄고 이불 속에 들던 남편이 갑자기 자리에서 벌떡 일어났다.

아, 이제 생각났어. 어머니 말씀 말이야. 그 뜻은 끊자, 였어. 힘들어서 그만 전화를 끊자라고 그랬는데 내가 계속 못 알아들으니까 그냥 끊으셨던 거야.

남편은 흐흐흐 웃었다. 의문을 해결해낸 시원함보다 아픔, 허탈함이 그를 엄습했다.

그렇게 된 데에는 이유가 있어.

말없이 누워 있던 남편이 그랬다.

그녀는 귀를 기울였다.

어머니 말이야. 어머니가 그렇게 된 건 치아 때문이야. 틀니가 있다고 해도 말할 수 없이 불편한 거고, 또 그걸 끼고서는 음식 맛을 느낄 수도 없으니까 잡숫는 것이 너무 부실했던 거야. 그게 원인이었어.

남편의 목소리 뒤로 짙은 어둠이 깔렸다.

네 남편한테는 말하지 마라.

어머니가 비밀로 약속한 속삭임에도 불구하고 그건 어느새 남편의 가슴속에 들어가 그의 마음이 되어 있었다.

8

    운전석에 앉아 있는 그의 얼굴은 잔뜩 찡그려져 있었다. 반듯한 그의 얼굴은 이지러지고 커다란 눈은 금방이라도 튀어나올 것처럼 보였다. 짧게 깎은 그의 머리카락이 철사처럼 위로 치솟았다. 급출발과 급정거를 반복하는 버스에서. 사람들은 모두 자기 앞의 손잡이를 붙들고 긴 침묵을 견디고 있었다.

    후다닥 뛰어내릴 것처럼 초조하고 위험해보이던 그가 쇼핑센터 앞에 정차를 시키고도 그냥 자리에 앉아 있었다. 내내 그를 지켜보고 있던 그녀는 사람들이 다 내릴 때쯤에야 자리에서 천천히 일어났다. 그리고 문 앞에 다다랐을 때에 그도 운전석에서 일어나 그녀의 뒤를 따라 내려왔다.

"왜 그렇게 잔뜩 화가 났어?"

여학생처럼 하얀 블라우스를 입은 그녀가 말했다.

"화는 무슨? 더우니까 신경질이 난거지."

그가 시무룩하게 대답했다. 날카롭게 치솟고 있던 화가 이미 누그러진 다음이었다.

"혼자 더운 것 아니잖아? 그런데 왜 혼자서만 화를 내고 그래?"

그녀는 아이를 다룰 때처럼 나직한 목소리로 빙긋 웃었다.

"다른 사람들은 실내에 있잖아. 나는 종일 개처럼 길바닥을 돌아다니니까 그렇지."

심통 난 아이처럼 푸념을 했다.

"그래도 화내지 말어. 나 안아달라고 안 그러께."

은근한 목소리로 그녀가 또 웃었다. 흰 블라우스가 그녀의 얼굴을 더욱 맑고 담백해 보이게 했다.

그가 커다래진 눈으로 그녀를 바라보았다. 한순간 의아했던 눈은 곧 흡족함과 푸근함으로 채워진다. 그리고 확 퍼지는 웃음. 걸음을 옮길 때마다 그의 팔이 그녀의 팔에 와서 걸렸다.

다음날 그녀는 새 블라우스를 입었다.

옷 중에는 벗을 때보다 걸침으로 해서 더 아득해지는 그런 종류의 것이 있다. 옷이 이끌어내는 분위기. 잡힐 듯 하면서 감추어지고, 감춘 듯 하면서 드러나 있는 그런 옷이다. 그녀의 블라우스는 손으로 구기면 한 줌도 되지 않을 실크 손수건 같은 천이었다. 뒤에서부터 목선의 반까지 컬러가 있어서 얼핏 보면 단정한 듯 했지만 브이 자로 깊이 팬 앞부분에서는 가슴선이 그대로 드러났다. 그리고 허리가 잘록하게 들어가 있어서 부드러운 곡선을 만들어냈다.

그녀는 운동을 시작하고 나서부터 허리선이 드러난 옷을 입기 시작했다. 그전에는 어깨에서부터 엉덩이 밑에 이르기까지 통자루로 뻣뻣하게 흘러내리는 옷만을 고수했었다.

유방이 부풀어 오르기 시작하자 그녀의 어머니는 자신이 입던 블라우스의 길이를 줄여 아이한테 입히기 시작했다. 그녀의 어머니가 즐겨 입던 땡땡이 모양의 지지미 블라우스는 그때부터 그녀의 트레이드 마크가 되었다. 아줌마 취향의 이중 컬러와 넉넉한 품은 천막처럼 부풀어 그녀의 몸을 가려버리기에는 참으로 안성맞춤이었다.

버스 드라이버

143

그녀는 살색이 붉게 드러나는 블라우스를 입고 버스 앞에 서 있었다. 청소를 끝낸 그가 긴 마대걸레를 들고 내려오다가 그녀를 보았다. 그는 언제나 마지막 배차를 앞둔 시간에 틈을 내어 차를 닦았다. 그리고 일 층 화장실에서 마대걸레를 빨아와 운전석 뒤의 기둥에 붙여서 꼼꼼하게 묶어두었다. 그것은 얼룩 한 점, 물 한 방울 흘리는 법 없이 언제나 신속하고도 정확하게 처리되었다.

한 손에는 마대걸레를, 한 손으로는 쓰레기통을 들고 나오다가 그녀와 마주친 그의 눈은 단숨에 그녀의 몸을 훑었다. 어깨에서 가느다란 끈으로 보일 듯 말듯 연결된 슈미즈 가슴 부분의 자잘한 꽃들이 연한 살색에 투명하게 비추어졌다.

버스 계단을 내려온 그가 돌아서면서 옆에 서 있던 그녀의 등을 툭 쳤다. 한 손에 든 마대걸레를 다른 손에 옮겨 쥐려다가 팔꿈치로 그녀의 등을 건드린 것이다. 다른 손에는 이미 네모난 플라스틱 쓰레기통이 쥐어져 있었고 구태여 비좁은 그 자리에서 그걸 바꿔야 할 필요는 없었다. 그녀는 혼자서 미소 지었다.

걸레를 빨아서 돌아온 그는 여느 날처럼 민첩하게 움직이지 않았다. 운전석 바로 뒷자리 그녀의 발치에서 그것을 들었다 놓았다 하면서 미적거렸다.

여기 밟지 말아요. 깨끗하게 빤 거니까. 여자아이한테 짓궂게 구는 사내애처럼 그는 엉뚱한 소리를 했다. 그의 얼굴은 지극히 단순하게 환해져 있었다. 뒷자리에 줄지어 앉아 있는 다른 사람들의 시선조차 지금 그에겐 느껴지지 않는다.

운전 중에도 그는 내내 백미러로 그녀를 쳐다보았다. 신호등에 걸렸거나 차가 밀렸을 때는 아예 백미러에 눈을 고정시켜놓고 있었다.

왜 날 쳐다봐요? 그가 벙글거리며 말했다. 다른 사람들 앞에서는 내색하지 않던 돌출된 행동이었다. 자신도 모르게 어떤 충동 같은 것으로 들떠 있었다. 아저씨가 먼저 쳐다보니까 이쪽에서도 보는 걸 아는 거지, 같이 보지 않으면 어떻게 알아요? 마침 통로 건너편 옆자리에 앉아 있던 공예품 가게의 여자가 맞장구를 쳐주었다. 버스 안에서 서로 낯이 익은 사이였다.

맞아요. 봉애는 사실 아무 말도 하고 싶지 않았다. 보금자리에 들앉은 새처럼 그의 눈빛을 받으며 그냥 의자 깊숙이 앉아 있고 싶었다. 순도 높은 그의 눈빛에 둘러싸여진 충만함이 그녀를 공처럼 부풀렸다. 둥글고도 완전한 절대공간에 잠겨 있는 태아처럼 그녀는 손과 발을 가슴에 끌어안고서 이대로 영원히 가고 싶었다.

대부분 마지막 노선까지 함께 가던 공예품 가게 여자도 오늘
따라 은행 앞에서 훌쩍 뛰어내렸다. 그것이 봉애한테는 행운의
신호처럼 여겨졌다.

드디어, 오늘…… 그녀의 입가에서는 미소가 흘렀다.

그의 눈은 그녀를 향해 백미러를 계속 들락거렸고 그녀의 가
슴은 오히려 차분해졌다. 버스는 마지막 노선인 대단위 아파트
정문 앞에 멈추어 섰다. 뒤에 있던 여자들이 자리에서 일어나
그녀의 옆을 지나쳐 차문 아래로 내려갔다. 그때마다 그녀는 어
깨를 오그려서 좁은 통로를 넓혀주려 애썼다. 손에 쇼핑백을 든
예닐곱 정도의 여자들이 계단 아래로 내려갔다. 이제 더 이상
버스 안에서의 발짝소리는 들리지 않았다. 의자 등받이 깊숙이
앉아 있는 그녀는 그의 다음 말을 기다렸다. 호흡이 가슴쯤에서
끊어졌다가 다시 이어졌다.

"손님, 내리셔야죠."

그때였다. 그의 음성이 갑자기 퉁명스러워진 것은. 불편하게
치켜진 그의 눈꼬리가 백미러에 떠 있었다. 그러나 그의 눈은
훨씬 더 뒤로 치켜진 다음이었다.

"다음 코스에서 내릴 건데요."

예상치 못한 목소리가 날아왔다. 아직 내리지 않은 두 사람이

대각선으로 보이는 뒤쪽 건너편에 앉아 있었다.

"여기가 마지막 노선이라는 걸 모르십니까?"

그가 완고하게 말했다.

"어차피 돌아나가는 길이니까, 큰길에서 내려주시면 되잖아요?"

상대방과의 교감 같은 건 전혀 아랑곳하지 않는 여자의 목소리가 크고도 뻔뻔하게 좁은 버스 안을 울렸다.

"돌아나가지 않습니다."

그가 고집스럽게 말했다.

"그럼 어떡해요?"

여자가 도리어 뻣뻣하게 물었다.

그는 말없이 뒤쪽을 노려보았다. 그들의 팽팽한 대치상태에 초조해진 사람은 다름 아닌 봉애였다. 그들이 말하는 다음 코스란 봉애가 살고 있는 아파트였다. 눈길이 마주치는 것을 피해 고개를 숙이고 있으면서도 봉애를 힐끗거리고 있는 두 여자의 모습은 어딘지 눈에 익기도 했다.

그는 밀려드는 뒤차들에 길을 내주기 위해 아파트의 정문을 지났다. 그리고 일단은 차를 돌렸다. 그때까지도 버스의 문은 닫히지 않았다.

말대답을 하던 여자는 부릅뜬 눈동자를 아예 먼 곳에다 고정시켜놓고 모르쇠로 일관했다. 옆의 작은 여자는 그녀의 의지에 전적으로 따르겠다는 듯이 고개를 수그리고 있었다. 이상해 보일 만치 투쟁적이면서도 한편으로 계면쩍음을 감추지 못하는 그들의 모습에는 억지스러운 데가 있었다. 찻길로 치면 한 코스이지만 중간에 샛길로 빠지면 그렇게 먼 길도 아니었다. 저녁시간에 바람 쐬러 나온 사람들의 잦은 산책 코스이기도 했다.

마침내 버스에서 먼저 일어선 사람은 봉애였다.

"늘 타는 버스인데도 막차라는 사실을 잊어버려요……. 죄송합니다."

봉애는 뒤의 여자들을 의식하여 의례적인 말을 남겼다. 그러나 그 말은 가슴에서 아프게 녹아 나왔다. 그는 꼼짝하지 않은 채 핸들을 잡고 있었다. 그때서야 두 여자가 굼뜨게 일어나 봉애의 뒤를 따라 내렸다.

봉애는 천천히 걸음을 옮겨놓았다. 화석처럼 굳어버린 그의 얼굴과, 조금 전까지만 해도 천진하게 달아오르던 그의 얼굴이 겹쳐져서 가슴이 찢어질 것 같았다. 다시 돌아오리라, 그녀는 가뜩이나 느린 걸음을 더 늦추었다. 빨리 이 여자들을 떼어놓고 다시 돌아올 때까지 그는 버스에서 기다리고 있을 것이다. 아주

느린 속도로 걷는다고 해도, 아무도 의심하지 않을 것이다. 그 건 장애인에게 유리한 점이었다. 그러나 서로를 감싸 안듯이 두 몸을 바짝 붙인 채 공모의 눈길로 뒤따라오고 있는 두 여자는 봉애의 느린 걸음을 그대로 밟고 있었다.

　잔인한 여자들. 그들의 눈길은 계획된 것임에 틀림없었다. 두 사람에 대한 어떤 기미를 끝끝내 확인해보려고 하는 집요함이 두 여자의 은밀한 몸짓에서 숨길 수 없이 풍겨 나왔다. 봉애는 한숨을 푹 내쉬었다. 이미 눈치를 채고서 달라붙고 있는 사람들 의 시선을 피하기란 어차피 어려운 일이었다. 이 순간, 그에게 로 달려가고 싶은 유혹을 이기지 못한다면 뭇 사람들에게 영원 한 비웃음이 되고 말 것이었다. 그녀는 발걸음을 조금 더 빨리 했다.

　그러나 이 순간을 얼마나 기다려왔던가. 그는 언제나 원점으 로 돌아가고, 또다시 원점으로 돌아가기를 수없이 반복해왔었 다. 그 무의미한 반복의 고리를 한 번은 끊어내지 않으면 안 되 었다.

　봉애는 큰길을 벗어나 자신의 아파트로 이어지는 소방도로에 다다랐다. 여기에서 두 여자를 떼놓아야 했다. 길은 직선으로 쭉 뻗어 있었지만 그 사이에는 오른쪽으로 빠져나갈 수 있는 작은 샛길들이 있었다. 봉애는 샛길로 빠져나가기 전, 마지막으로 두 여자를 돌아보았다. 그들은 거의 한 몸인 듯 서로를 밀착시킨 채 그녀의 뒤를 따라오고 있었다. 그 여자들에겐 이미 생활인으로서의 자연스러움이나 일상성은 사라지고 없었다. 오로지 의구심과 미혹의 눈길만이 검은 망토처럼 길게 드리워져 봉애의 전신을 뒤덮었다.

봉애는 샛길로 빠지는 것을 포기했다. 대신 발걸음이 점점 빨라지기 시작했다. 여자들의 집요한 그림자는 자신들의 아파트로 들어섰을 때에야 옆으로 사라졌다.

봉애는 왔던 길을 도로 돌아 나왔다.

그가 아직도 기다리고 있을까? 그럴 것만 같았다. 그녀에게 집중되던, 강렬한 그 눈길이 확신을 주었다. 그녀의 마음은 더욱더 바빠졌다. 그러나 발걸음이 공중에서 붕붕 미끄러지기만 할 뿐, 그 자리를 계속 맴도는 것 같았다.

이제 소방도로의 끝이 보이기 시작했다. 어쨌든 이 길만 벗어나면 그의 버스를 확인할 수 있을 것이었다. 그리고 만일 그의 차가 달려간다고 해도 붙들 수도 있을 것이다. 그녀는 마지막 힘을 다해서 큰길을 향해 달렸다. 지나가는 사람들이 그녀를 유심히 쳐다보았다. 속도에서 빠르다고는 할 수 없었지만 온 힘을 다해 맹진하고 있는 사실만은 누구에게나 전달되었던 것이다.

그때였다. 푸른 날개가 푸드덕, 그녀의 시야 저 멀리에서 휘날린 것은.

큰길까지는 불과 몇 발짝 남아 있었다. 그녀는 달리는 차를 붙잡기라도 할 듯이 맹렬하게 튀어나갔다. 그러나 어스름이 깔리기 시작하는 도로 위를 검푸른 줄무늬의 버스가 막 돌아나가고 있는 중이었다. 오른쪽 꽁무니에 붙은 깜박이만 그녀를 알아본 듯이 노랗게 반짝거렸다.

그녀는 며칠째 앓아누웠다.

그의 엉덩이에 꽂혀 있는 휴대폰 전화번호만 알았어도 그렇게 허망하게 처리되지는 않았을 것이다. 그는 극구 그의 번호를 가르쳐주지 않았다. 차만 타면 늘 볼 수 있는데 뭐. 그는 그렇게 말했지만 버스에는 언제나 다른 사람들로 북적거렸다. 어쩌다 요행히 두 사람만의 공간이 생길 때에라도 다음 코스에서 여지없이 다른 승객이 차를 세우고 올라섰다. 두 사람 사이에 이어지는 막막하고도 체념된 침묵.

설사 막차일 때라도 이십 분을 넘기기는 어렵다. 그의 뒷주머니에서 울려대는 핸드폰 소리. 그건 긴 감방 생활에 찾아온 짧은 면회 끝을 알리는 벨처럼 잔인했다.

그것 좀 꺼놓을 수 없어? 저절로 높아진 그녀의 말에 그는 조용히 대답하곤 했다. 난 그럴 수 있는 입장이 못 돼.

그리곤 초라한 뒷모습을 보이며 버스에서 내리는 그녀. 달리는 버스는 그녀의 눈앞에서 금방 사라져버린다.

다시는 만나지 않으리라.

그러나 다음날이면 버스는 다시 아파트 앞으로 달려오고, 그녀는 그 길에 서 있었다.

9

"그래서 지금 어떻게 됐다는 거야?"

남편이 그녀의 말을 끊었다.

이야기는 밑도 끝도 없이 똑같은 자리를 뱅뱅 돌고 있었다. 그녀의 얼굴을 퉁퉁 부어오르게 한 눈물의 의미가 무엇인지 도대체 알 수 없었다. 어쨌든 본능 속에서 허우적거리는 꼴을 더 이상 보고 싶지도 듣고 싶지도 않았다.

"그래, 좋아. 그래서 앞으로 어떻게 하겠다는 거야?"

남편은 손끝까지 타들어온 담배를 신경질적으로 비벼 끄며 물었다.

"어떻게 하고 말고도 없어. 그는 어차피 없어져버렸으니까."

그녀는 절망적인 음성으로 중얼거렸다.

"지금이라도 다시 연결될 수 있는 거잖아?"

남편은 심한 자괴감과 그로 인한 어쩔 수 없는 노여움으로 소리쳤다.

"그렇지 않아. 나는 그 사람에 대해서 아무것도 모르고, 그 사람은 이제 나를 만나지 말아야겠다고 결심을 한 거니까."

그녀의 눈은 불안하게 번들거렸다. 아무래도 돌아버린 것 같다. 그것도 아니라면 백치의 상태로 돌아간 것일까. 그녀의 말은 앞뒤가 맞지 않는다. 그런 놈한테 정신을 잃도록 빠졌다는 게냐, 남편은 소리를 지르려다가 그만두고 만다. 파들거리는 손끝의 흔적을 지우기 위해 담배를 다시 물었다. 라이터를 켜려고 고개를 떨어뜨리는 순간 멈출 수 없는 긴 숨이 질긴 실타래처럼 끌려나왔다. 그녀의 바보천치가 깊으면 깊을수록, 그녀가 맹목적이면 일수록 그에게는 비참만 더해질 뿐이었다.

"그쪽에서는?"

그래도 일상적인 물음은 집요한 것이었다. 비루한 자신에 대해서 구역질이 났다.

"그쪽에서는 연락하지 않을 거예요. 그쪽에서 연락해온 적은

한 번도 없었으니까."

그녀의 눈은 다시 심한 좌절감으로 흐려졌다.

"그래서 네가 다시 연락하고 싶어?"

설마 하면서도 확인을 위해 던져 본 말이었다. 그런데 그녀는 마침내 기다리고 있었다는 듯이 눈을 동그랗게 뜨고 남편을 보았다.

"그러면 안 돼?"

눈물 탓만은 아니었다. 그녀의 눈이 반짝거린다고 여겨진 것은. 그건 어린 아이의 순진한 갈구와 희망으로 반짝거리고 있는, 정말이지 이상한 눈빛이었다.

"그러면 왜 안 돼?"

그녀의 눈은 뚜렷한 확신과 그 확신을 이루기 위한 애걸로 가득 찼다. 그녀의 얼굴은 남편 앞으로 내밀어졌고 부어오른 눈두덩 아래 잠겨 있던 눈은 미친 듯한 강렬함 때문에 금방이라도 쏟아질 것 같았다. 내내 배고프다가 마침내 한 모금의 젖을 빨아들인 아이한테서 젖병을 낚아챈 것처럼 그녀의 갈구는 무섭게 드러났다.

"당신은 나한테 남편뿐 아니라 오빠도 되고 아버지도 되어줄 수 있다고 그랬잖아요. 나한테는 갈급한 것이고 한 번은 넘어가

버스 드라이버

야 할 관문이라는 것을 이해해줄 수 없겠어요? 그렇다고 그 사람한테 머무르겠다는 것이 아니야. 그러나 한번은 통과해보고 싶어. 통과해야만 되고. 다시 원점으로 되돌아가고 싶지 않아. 날 이해해 줘. 아버지의 마음으로, 그리고 같은 동정심으로 나의 이 미친 짓을 받아들여 줘요. 여보."

그녀는 정말이지 다시 원점으로 돌아가고 싶지 않았다. 어느 날 문득, 어떤 남자와 눈이 마주치고, 마주친 눈빛은 촌충이나 디스토마의 독한 이빨처럼 그녀의 심연으로 파고 들어가 붉디붉은 살점에 깊이 박힌다. 그리고 밧줄 하나 없이 파도 위에 올라선 것처럼 흔들거리고 일렁거리기 시작하는 그 무엇. 그러나 그건 그녀의 몸 안에서 제 홀로 일어나는 일일 뿐이다. 혼자서 갈구하고, 혼자서 소모되는, 바깥에서 전혀 자양분을 받아들이지 못하는 몸의 기운은 점점 탕진되어 아래로 아래로 떨어지기 시작한다.

그리고 깊은 잠. 죽음보다 더 깊은 나락. 그녀는 끈질기게 감겨드는 갈구와 욕망을 지우기 위해 자신의 몸을 최악의 바닥까지 내팽개친다. 모든 인식과 감각이 마비되고 마침내 욕망까지 소멸되도록 몸을 죽여 나간다.

그러고 나면 그녀는 서서히 깨어났다.

백치와 같은 아득함으로.

텅 빈 슬픔으로.

그녀는 천천히 햇빛 속으로 나갔다. 노랗게 비틀어진 식물처럼 해바라기를 하며 오랫동안 볕 속에 앉아 있곤 했다. 그녀의 몸은 투명해지고 극도로 단순해져서 단백질이나 지방이니 하는 동물성은 이미 어디론가 사라져버린 다음이었다.

어머니는 여성으로서의 욕구를 보인 적이 없다

어린 그녀의 집에는 부부의 방이 존재하지 않는다. 남자의 방과 여자의 방이 있을 뿐. 다섯의 어린 생명은 어디에서 시작되어 나왔는지 모른다. 서로에 대한 침묵과 알 수 없는 적개심이 아이들을 키운다.

어쩌다 생기는 어머니의 밤마실 뒤에는 어린 아이의 울음이 뒤따랐다. 어머니의 치맛자락을 잡고 놓치지 않으려는 막내의 그악스러운 울음과 먼발치 끝에서 따라가고 있는 병약한 아이의 그림자.

어머니는 결코 아이를 데리고 다니는 법이 없다. 많은 엄마들이 아이를 달고 다녔지만 어머니는 아이를 앞세우거나 뒤 세우고 누구의 집을 방문하는 것을 몰염치로 여겼다. 잔치집이나 회갑연은 물론 식당에서까지 먹을 것을 싸들고 돌아오는 법도 없다. 어머니는 언제나 치마 밑에 찬바람이 일 정도로 횅하게 걸어 다녔다.

그런 어머니조차도 어린 생명한테는 더할 수 없는 하늘이 되고 땅이 된다. 아이들은 어머니 손을 놓치게 될까봐 언제나 조마조마했다. 차갑고 냉정한 어머니는 영영 돌아오지 않을지도 모른다. 동백기름이 반지르르한 어머니는 가늘게 생긴 회초리를 방안에 밀어놓는다. 그리고 한 점 흐트러지지 않은 걸음새로 대문을 똑바로 나선다. 아무리 그래도 어머니의 밤마실을 지키는 아이는 따로 있다.

병약하여 거미처럼 까맣게 말라가던 아이. 그 아이는 언제나 어머니의 그림자가 되어 그 뒤를 따라다닌다. 어디로 횅하니 가버릴지 모르는 어머니. 어느 순간 돌아서서 영영 사라져버릴지도 모르는 자신의 영혼. 거미처럼 마른 아이의 발걸음은 언제나 어머니가 들어간 이웃집, 때로는 길어지기도 하는 다른 동네까지 이어진다. 그리고 으쓱한 그늘에서의 숨죽인 기다림이 지속

된다.

아버지는 깊은 밤에 몰래 어머니한테 들어오곤 했다. 도둑처럼, 강간범처럼 아버지는 어둠 속에서 어머니를 찾아 곧장 위로 올라간다. 어머니는 언제나 매몰차게 아버지를 밀어냈다. 그러나 아버지의 건장한 육체는 사정없이 어머니의 몸속을 밀고 들어간다. 어머니는 낮은 소리로, 그러나 결코 가볍지 않은 비명을 지르기 시작한다. 미쳤어. 미쳤어. 아이들도 있는데. 아이들이 깨면 어떡할라고. 아이들이 있는데 미쳐도 정말 많이도 미쳤어. 그러나 그 소리는 아버지의 두툼한 손바닥 아래로 스미고 만다.

이것도 쿤달리니(이차크 벤토프, 『우주심과 정신물리학』 참조) 현상 중의 하나이던가.
신경이 극도로 밝아지고 예민해진 상태에서 차크라가 각성된 상태.
복부가 저절로 움직여서 깊은 호흡이 일어나던 날. 합장하고 있는 손끝에서 수십 개, 수백 개의 전자가 돌고 가슴에서는 더 큰 전자 꾸러미가 마치 홀라후프처럼 뱅뱅 돌려지던 날. 낱낱의 세밀한 전자는 어느 순간 강한 뭉치가 되어 온몸을 팽팽하게 감싸더니 몸 전체를 팽이처럼 돌렸다.

손이 복부 앞에 닿았을 때는 깊은 호흡이 일어나고 가슴 부위에 이르렀을 때에는 가슴에 실제로 열리는 문이 있어 촤르르 열리는 것 같았다. 그러면서 눈앞에는 한 움큼씩의 빛이 쏟아져 내렸다.

그리고 양손이 활개치듯이 저절로 위로 올라갔고 두 다리는 아래로 쭉 뻗어져 내려갔다. 바닥에 엎드린 채로 사지가 뻗어 있을 때 무슨 일인지 항문이 움직이기 시작했다. 한참 동안 재빠른 수축 운동이 반복되다가 다음에는 자궁의 안쪽 근육이 저절로 움직이기 시작했다. 팔은 머리 위로 뻗혀 있는 채로였다. 그런데도 그것은 마치 정교한 손이 만질 때처럼 부드럽게 어루만져지더니 마침내 애액이 홍건하게 젖어 나왔다.

이것은 다음날에도 이어졌다.

강렬한 쾌감이 있기 전에 먼저 다리의 근육을 푸는 운동이 일어났다. 허벅지 안에 마치 큰 스프링이 있는 것처럼 왼쪽에서 오른쪽으로 빠르게 회전운동을 해나갔다. 어떤 부분에서는 쉽게 움직일 수 없는 물체를 만난 것처럼 긴장된 근육을 들고 십 초 내지 이십 초 정도 멈추어 서 있다가 어느 한계에 이르면 탁 풀어지곤 했다. 이 모든 과정이 사람의 안마를 받을 때처럼 완벽하게 시원했다.

조금 있다가는 왼쪽 다리도 움직였다. 한 부분 부분이 정성스럽게 돌려지던 부실한 다리의 운동과는 달리 왼쪽은 전체적으로 후드득후드득 가볍게 떨렸다. 오른쪽 다리에 비하면 시간도 훨씬 짧았다. 또다시 오른쪽 다리로 움직여 나갔다가 왼쪽 다리로 돌아오기를 여러 차례 반복했다. 그러던 일순간, 갑자기 위에서 발끝까지 휑하니 구멍이 뚫리고 거센 바람이 몰아치는 것처럼 시원해졌다.

그리고 일, 이 분 정도의 휴식.

이제는 자궁의 수축 운동이 시작되었다. 역시 정교한 손이 애무할 때처럼 애액이 흘러내렸다. 기분이 좋아져서 자위를 할까도 했지만 그냥 가만히 내버려두기로 했다. 이 모든 일이 저절로 일어난 것이니 만큼 어떤 인위적인 행위도 보태지 않고 끝까지 지켜보기로 했다.

그때 오른손이 천천히 복부를 지나 가슴에 닿았다. 그리고 유방을 애무하기 시작했다. 전체를 부드럽게 쓰다듬고 나중에는 손가락 끝으로 젖꼭지를 세밀하게 쥐어뜯기도 하고 공굴리기도 했다. 나머지 한 손도 마찬가지였다.

다음에는 혓바닥이 움직였다. 둥글게 말아진 혀가 입안에서 꼿꼿이 일어나 빠른 속도로 움직이면서 입술 주변을 간질였다. 부드럽고 향기로운 침이 입안에 가득 고이면서 밖에까지 흘러넘쳤다. 부드럽고 고혹적이기로는 거의 마술적으로 변해버린 두 손이 이제는 얼굴 전체를 애무하기 시작했다. 눈가를 몇 번이나 쓰다듬고 뺨을 문지르기도 하며 귓구멍이 마치 열락의 작은 동굴이기나 한 것처럼 손가락이 자유자재로 놀았다.

얼굴을 충분히 애무한 손은 머리 뒤로 넘어가 어깨를 쓰다듬고 그리고 손이 닿는 대로 등 뒤의 척추를 쓰다듬어 아래로 내려왔다. 음순은 계속 맑은 애액으로 넘쳐흐르고 있어서 이제는 마지막 단계이겠거니 생각했다.

하지만 짐작과는 달리 손가락은 음부의 샘물을 지나쳐 아래로 내려가더니 발가락에 가서 멈추었다. 열 발가락을 손끝으로 문지르거나 흔들어서 애무함은 물론이고 발가락 사이의 옴폭 들어간 곳을 일일이 쓰다듬기 시작했다. 다음에는 손으로 발을 들어 올려 입안으로 쑥 밀어 넣었다. 실제로 발가락이 입술에 가 닿을 뿐만 아니라, 혀끝으로 애무받는데 있어서 그토록 놀라운 감각을 가졌다는 것이 그녀로서도 그야말로 금시초문의 일이었다.

이제 허벅지 안쪽으로 천천히 올라온 손이 음순을 비로소 부드럽게 쓰다듬기 시작했다. 몇 번의 단순한 접촉이었는데도 엉덩이가 들리어지면서 하체운동이 곧바로 시작되었다. 그러다가 몸이 바닥으로 엎드려지더니 어느 순간 손가락 네 개가 질 안으로 쑥 들어왔다. 그녀로서는 한 번도 해본 적이 없던 상위 체위였다. 어쨌거나 자기 손이 이토록 유연하게 제 몸 안에 들어올 수 있는 것인지 이 모든 사실이 그저 아연할 뿐이었다. 손가락은 지극히 익숙하고 부드럽게 몸 안까지 깊숙이 들어왔다. 손끝에 닿는 느낌이 따뜻하고, 부드럽고, 축축했다. 그 따뜻하고 부드럽고 축축한 자궁 안의 살이 손가락 마디마다 살아 있는 착한 동물처럼 말랑말랑하게 감겨들었다. 그녀는 자신의 손가락을 통해 자궁 속의 그 감각을 하나도 빠뜨리지 않고 확연하게 다 느낄 수가 있었다. 하나의 몸이 또 하나의 육신과 교감하고 있는 것처럼 몸을 완벽하게 체험하는 순간이었다.

나는 태어나고 버려진 것이 아니었어. 첫돌이 지나고 몹쓸 병마가 몸을 지나가는 순간, 절망으로 버려진 것이 아니었어. 나는 이미 그 이전에 버려져 있었어. 그녀가 중얼거렸다.

생명은 정자와 난자의 단순한 결합체가 아니었다. 그 둘은 물리적으로 만나기 이전에 이미 사랑이라는 교감으로 하나가 되어 있어야 했다. 그리하여 한 몸으로 만나는 사랑의 의식 속에서 풍만하게 살쪄 올라야 했다. 멀고 먼 몸속의 우주를 자유롭고도 완벽하게 유영할 수 있도록.

어둠에 몸을 숨긴 채 찾아드는 으쓱한 남자와 수치심에 몸을 떠는 여자와의 사이에서는 어떤 생명도 태어나지 말아야 했다. 동물적인 완력과, 미쳤군 미쳤어를 남발하는 독한 자궁 속에서는 어떤 생명도 태어나지 말았어야 했다. 그건 이미 버려진 생명이나 다름없었다. 극도의 불안감과 공포심, 그리고 버림받은 소외감으로 오그라들고 수축되어 이미 반 이상은 죽어 있었던 것이다.

그렇지 않고서야 왜 귀한 생명을 한낱 바이러스에 팔아넘기겠는가. 허공에 떠도는 먼지보다 더 많고 많은 것이 세균이고 바이러스라고 했다. 하필이면 왜 어린 그녀만이 눈에 보이지 않는 그 미생물에게 잡혀 맥도 추지 못했겠는가.

내가 무슨 죄를 지었길래, 어머니는 피우지도 못하는 담뱃불로 자신을 지지며 독백했다. 독한 담배 연기는 어머니의 가슴과 목구멍을 긁어댄다. 기쁨을 모르는 어머니는 공허하게 버려져 있기보다 차라리 고통스러움을 선택한다. 고통이야말로 어머니를 대신해내고 더 나아가 어머니를 이루는 본체가 되었다. 어머니는 온몸을 비틀며 기침을 내뱉는다. 쿨룩쿨룩.

전생에 내가 무슨 죄업이 이다지도 많아서……. 그러나 전생이란 멀리 있는 것이 아니었다. 사랑을 멸시한 죄, 어둠에 몸을 숨기지 않고서는 받아들일 수 없었던, 미쳤군 미쳤어를 연발하지 않고서는 차마 맞아들일 수 없었던 사랑에 대한 철저한 소외, 그리고 사랑에 대한 완벽한 경멸. 그것이야말로 어머니의 가장 큰 죄업이었다

그녀는 잃어버린 사랑을 만회하기 위해 몸부림친다

"안아 줘. 안아주지 않으면 안 내릴 거야."

버스는 하루의 노선을 끝내고 아파트 어귀 공터에 멈추어 섰다. 그는 길가에 정차되어 있던 학원버스에 올라가 다른 기사와 잡담을 하고 있는 중이었다. 그녀는 버스에 혼자 남아 있었다. 마을버스가 지나가면서 운전석 뒷자리에 앉아 있는 그녀를 쳐

다본다. 그녀는 시선을 피하기 위해 반대쪽을 바라본다. 그녀의 얼굴은 잔뜩 굳어 있고 절박해 보인다.

그가 이웃버스에서 돌아와 천천히 차 위로 오른다. 그의 발이 들어 있는 운동화 볼이 옆으로 팽팽하게 늘어나 있다. 그녀는 벗은 그의 발을 보고 싶은 충동에 휩싸인다. 붉고 탄력이 넘치는 발. 터질 것 같은 그녀의 가슴은 차라리 그 발에 밟혀 죽고 싶어진다.

"나를 이렇게 함부로 대해도 되는 거야?"

그녀는 앙탈을 부렸다. 그는 길가에 차를 세우더니 말도 없이 슬며시 내려 가버렸던 것이다.

"시간이 없어서 만나지를 못하다가 오래간만에 인사 몇 마디 나누고 오는 건데. 그걸 이해 못해?"

그가 오히려 정색을 하고 나무랐다. 말투로 보아서는 영락없이 갈 데까지 간 부부 같다. 그러나 그들은 어떤 곳에도 이르지 못했다. 누구에게나 열려 있는 버스가 그들에게는 막다른 골목이었다. 끝 노선에서 마지막 손님을 내려주고 나오다가 길모퉁이에 버스를 세워놓고 딴청을 부리는 것이 그나마 둘이서 누릴 수 있는 유일한 여유였다. 하지만 이걸로는 더 이상 버틸 수가 없다.

"안아 줘. 안아주지 않으면 안 내릴 거야."

아이처럼 보채는 그녀를 싱긋대며 바라보다가 말했다.

"그래, 2호차 신 씨 형님에게 안아주라고 그럴게."

"내가 뭐 아무한테나 안기고 싶어 안달하는 여잔줄 알아?"

그녀는 여전히 아이처럼 앙탈했다.

"그 형님 알고 보면 멋쟁이야. 인도인가 티베트에서 이십대 여자랑 동거하기도 했다던데. 나이가 좀 많은 게 흠이지만 나름 멋진 분이라구."

그가 능글거리며 말했다.

"그 동네 기사들은 어째 다 바람쟁이들만……."

그녀는 하던 말을 멈추고 정정했다.

"아니, 선수들만 모이셨대요?"

"바람을 피운 게 아니고 객지에서 아픈 사람을 돌봐주다가 자연히 그렇게 된 거래. 사람이 왜 그렇게 삐뚤어졌어?"

그가 또 정색을 하고 나무랐다.

"그래, 난 삐뚤어진 사람이야. 한번만 안아주면 원래대로 돌아갈 거야."

그가 힘없이 자기 자리에 앉았다.

"그러니까 안아 줘."

버스 드라이버

그녀는 구걸하듯이 매달렸다. 그는 핸들 위에 두 팔을 올린 채 망연히 앞만 내다보았다. 지나가던 여자가 버스 안을 유심히 들여다보다가 그의 시선과 마주쳐 얼른 고개를 돌렸다. 황급히 눈을 돌리는 여자의 표정에는 이 차에 대한 익숙함이 실려 있다.

봉애는 의자에서 내려와 운전석 뒤쪽의 맨바닥에 주저앉았다. 거기에는 운전석과 뒷자리를 분리하는 칸막이가 있어서 그나마 외부의 시선을 좀 가릴 수가 있었다.

"봉애가 몰라서 그렇지. 알고 보면 나 무지 나쁜 놈이야. 한번도 사랑이라는 걸 지켜보지 못한 놈이라구."

그가 자조적으로 내뱉었다.

"그저 애들 장난처럼 어찌하다 보면 그렇게 되어 버렸을 뿐이지, 진지하게 지키거나 키워본 적이 없었다니까."

사랑이란 사랑하는 그 순간이 오롯한 처음이자 끝이고 그것으로 책임을 다하는 것이 아니던가. 그러나 정작 밖으로 흘러나온 그녀의 말은 심통스러웠다.

"그 많은 사랑을 어째 다 지키겠어? 일부다처제 이슬람 국가에 이민이라도 가면 모를까."

그가 힐끗 그녀를 보았다.

그녀는 목소리를 낮추어 조용히 말했다.

"나는 그렇게 매달리지 않을 거야. 같이 살자고는 더더욱 안할 거고."

"그게 뭐 말처럼 되는 건 줄 아니? 사람의 인연이란 그렇게 호락호락하지 않는 거라구."

천지간의 진리를 설파하는 아이처럼 그는 불멸의 신념으로 단락지었다. 그녀는 무릎 속에 얼굴을 꿍쳐 박았다.

그는 도저히 넘어갈 수 없는 벽이다

휘청거리는 다리로 들어선 곳은 교회 안이었다. 그녀가 털썩 주저앉은 긴 의자 앞에는 마침 둥근 기둥들이 있어 그나마 모습을 가려 주었다. 그녀는 어디에도 갈 수가 없었다. 미친 듯 타오르는 갈망과 좌절로 범벅이 되어 그녀의 몸은 실신 상태였고 외부로 뚫린 두 눈은 기갈난 그녀의 상태를 고스라니 드러냈다

어디선가 드럼 소리에 맞추어진 남성 합창단의 성가곡이 울리기 시작했다. 그녀가 교회 마당으로 들어오는 것을 봉고차에서 유심히 보고 있던 한 남자는 다행히 둥근 기둥에 가려져서 보이지 않았다. 그러나 음악 소리가 차의 스피커에서 들려온다

고 믿기에는 너무 생생했고 더구나 심벌즈의 큰 쇳소리가 다른 음을 거칠게 잡아먹고 있었다. 의자 뒤 유치원 유리창에 붙여진 동물 그림들은 단순화시킨 선 안에서 선명한 색깔로만 살아 있었다.

시간은 벌써 일곱 시를 넘어가고 있었지만 건물 위로 첨탑처럼 떠오른 하늘에는 맑고 푸른 기운이 가시지 않았다. 아침 기상 예보의 여자 아나운서는 매끄러운 목소리로 말했다. 장마는 어제 날짜로 모두 끝났습니다. 오늘부터 여러분은 맑고 쾌청한 날씨만을 보게 될 것입니다. 동그란 입술 안에서 반짝거리는 앞니는 석류알 같았다. 지지부진 이어지던 장마도 요즘에는 마침표를 찍듯이 확실하게 끝나는 거구나, 결론에 찬 입술이 야무지게 닫혀 지던 아나운서의 표정을 떠올리며 그녀는 그런 생각을 했다.

음악은 가까운 데서 나오고 있었지만 확실한 곳을 찾기는 어려웠다. 교회의 대형 건물에 비하면 좁은 듯한 마당을 중심으로 길쭉한 콘크리트 건물이 디근자 모양으로 들어서 있었기 때문에 어디랄 것도 없이 반사된 음향은 벽을 따라 흐르고 있었다. 유치원 건물을 제외하고는 일 층에서 실내로 보이는 곳을 찾아내기란 쉽지 않았다. 맞은편의 덩그렇게 올라간 콘크리트 골조는 빈 상자처럼 중간이 비어 있었고 아래에는 남, 여 화장실 표시판만이 확대되어 보였다. 계단 위로 이어진 이 층은 어떤 상징물처럼 비어 있었고 전기 고압선 몇 줄이 텅 빈 하늘을 가로질렀다.

지인실로 하아나님에 대한 사아랑을 전하아노라, 하나아님 사아라앙…… 리듬 악기에 실린 젊은 남자의 테너 목소리에는 쉰소리가 섞여 더 공허하게 들렸다.

우리가 맘껏 사랑할 수 있도록 허용되어진 대상이란 오직 하나님뿐인지도 모른다. 그 생각이 울음처럼 가슴속에서 치받쳐 올라왔다. 수많은 윤리와 도덕과 가치관, 그리고 다닥다닥 얽어진 현실적 굴레, 이미 공룡처럼 무거워진 인간에게 있어서 사랑이란 천사의 날개처럼 환상에 불과한 것이었다.

하나님만이 사랑이다.

그녀 얼굴 위로 초췌한 웃음이 지나갔다.

보이지도 않고 잡히지도 않는, 사랑할 수 없음으로 해서 유일하게 사랑할 수 있는.

그때 단발머리의 젊은 여자가 교회 마당으로 쑥 들어왔다. 한 손에는 커다란 화채 그릇을, 나머지 한 손에는 포개어진 야외용 플라스틱 컵이 들려 있었다. 뒤꿈치가 미처 땅에 닿을 겨를도 없이 앞발로만 걷는 여자의 걸음걸이는 유난히 엉덩이를 출렁거리게 한다. 더구나 허벅지 위에서 가로로 구겨진 반바지와 배꼽 부분에서 다말려 올라간 티셔츠는 살이 많은 여자의 몸을 가감 없이 드러내고 있었다.

여자는 기둥 뒤에 앉아 있는 그녀에게 눈길을 주는 듯하다가 금방 낯선 얼굴로 돌아갔다. 마당을 가로지른 여자는 계단 앞에서 방향을 돌려 기둥 안쪽으로 들어갔다.

그녀도 줄지어 있는 기둥들의 안쪽 낭하를 보지 않았던 것은 아니었다. 그러나 어디론가 통하는 입구로 보기에는 지나치게 어둡고 깊었다. 지금 어디에도 내닫지 못하고 둥근 기둥에 몸을 숨기고 있는 그녀처럼.

그러나 정작 깊고 어두운 것은 그일지도 모른다. 이 사실이 무두질을 하듯이 그녀의 마음을 아프게 했다.

"오래비로 불러."

그가 차 시동을 걸면서 말했다.

"왜? 누이동생한테 빵 사주고 싶어서?"

그녀는 어디까지나 농담으로 흘려 받았다. 그러나 어제만 해도 조금 가벼워져 있던 그가 다시 본래의 자리로 돌아가 버렸다는 사실을 알았다.

"줄 서 있는 여자들이 워낙 많아서 말이야. 어느 한 여자만을 선택한다는 것은 어려운 일이야. 형평성에도 어긋나는 일이고."

그는 차들이 밀리고 있는 사거리 진입로에서 핸들에 두 팔을 올리고 말했다. 그의 어깨는 아래로 자꾸 처지려고 하는 그의 머리를 받치기 위한 것처럼 앞으로 구부정했다. 그녀는 그가 괜한 빈말을 하고 있다는 것을 알고 있었다. 그런데도 견딜 수 없을 만큼 화가 치밀었다.

"네가 하나님 졸병이라도 돼? 뭐? 형평성? 네가 그렇게 잘났어?"

부메랑 놀이를 하고 있는 것처럼 자꾸만 원점으로 돌아가는 그의 우유부단함을 더 이상 견딜 수 없었다.

"잘 났어, 정말. 그래 너 참 잘 났다."

그녀는 턱까지 치켜 올리며 터무니없는 속어를 연발했다.

"뭐? 방금 너라고 그랬어?"

그도 돌발적으로 튀어나오는 그녀의 말에 놀람 반, 웃음 반으로 어리둥절하게 쳐다보았다. 그러나 백미러를 통해 그녀를 바라보는 그의 눈빛은 관대했다. 그녀는 그런 눈빛을 타고 한 발짝 앞으로 더 나갔다.

"그래, 너라고 그랬다. 왜?"

이쯤 되고 보면 순전히 억지에 지나지 않는 노릇이었다. 그러나 그녀로서도 어쩔 수 없이 몸부림치고 있는 것이다.

"내가 봉애를 안으면 그때부터 죄짓게 되는 거야."

그의 말에는 어떤 감정도 들어 있지 않았다. 오히려 무덤덤하기조차 했다. 그런데도 그녀의 가슴은 떨판처럼 떨린다. 공명하는 그의 목소리에 올려진, 내가 봉애를 안으면, 이라는 은밀한 말 한마디에 그녀의 가슴은 얇은 습자지처럼 파닥인다.

"그러니까 그냥 집에 들어가."

그러나 그의 목소리는 끝까지 무미건조했다. 어떤 여지나 느낌도 끼어들어갈 자리가 없다.

"누구한테?"

그녀는 절규했다. 그의 단순 무지함이 가슴을 쳤다.

"봉애한테와 우리 집사람한테. 그리고 나한테도 죄짓는 거야."

그녀는 끄응, 신음 소리를 냈다. 그녀의 절규 앞에서도 그의 얄팍한 도덕성은 흔들리지 않았다. 오히려 더 선명해지고 힘을 얻었다. 그러나 그 위대한 도덕성의 범주에 그녀의 남편은 들어가 있지 않았다. 가장 치명적으로 상처받을 사람은 다른 사람이 아닌 남편이라는 것을 그 와중에도 그녀는 알고 있다. 남편은 이 세상에서 아내의 집 말고는 어떤 집도 지으려고 하지 않았다. 이제 그는 맨몸이나 다름없었다. 그 사실이 얼마나 무거운 짐이 되는지, 언제나 그 무게에 짓눌려 있는 어깨의 고통이 어떤 것인지 남편은 알지 못한다. 그녀는 하루 속히 남편에게로 돌아가야 한다.

"누가 뺏어간대?"

그녀는 거의 울먹이다시피 소리쳤다. 잘 쓰고 곱게 돌려줄 것이었다. 하자 없이, 미련 없이, 그냥 그대로 돌려줄 것이었다. 그리고 남편에게로 돌아갈 것이었다.

"나 있잖아. 그냥 어영부영 사는 사람 아니야. 명색이 작가야."

그 말이 어떻게 먹혀들어갈지 자신이 없었다. 혹시라도 그 호칭에 배여 있을지 모를 자유의지와 분방함의 냄새가 그의 단순 도덕성을 누그러뜨릴 수 있을 것인지 기대를 가져보았다. 그는 아무 말도 하지 않았다. 그의 침묵은 좀 더 깊어졌다.

"나, 자기 덕분에 운동 다니면서 굉장히 좋아졌어. 건강해지고, 단순해지고. 전에는, 글 써서 성공해야 된다는 강박감, 초조함, 이런 것 때문에 굉장히 힘들어 했어. 몸도 엉망이 되고."

그녀는 그의 깊은 마음에 호소했다.

"이제는 그렇지 않아. 다 잘되어가고 있어. 그런데, 그런데 말이야. 자기 문제가 해결이 안 돼. 하루 스물네 시간이 다 자기 생각만으로 가득 차 있어. 나도 그러고 싶지 않은데, 아직은 어쩔 수가 없어."

그녀의 끝말은 거의 울음에 가까웠다.

"그러면 됐네. 사람이 다 좋을 수는 없는 일이잖아."

그의 목소리는 오히려 냉정해졌다. 더구나 어떤 위엄까지 동반했다. 제기럴, 온 마음을 비틀어 짜서 호소를 해도 그 앞에서는 막무가내였다. 돌같이 차갑고 돼지보다 미련한 놈, 인간의 진실에 대해서는 한 푼의 가치도 깨닫지 못하는 무지한 놈. 욕으로라도 이 남자한테 친친 묶인 욕망을 풀어낼 수 있다면 풀어서 던져버리고 싶었다. 그러나 사람이 다 좋을 수는 없는 일이잖아, 라는 그 말에 그녀는 또다시 묶이고 만다. 단순하게 내뱉어진 그 한마디에 서려 있는 그의 좌절, 실패, 고통. 그것이 통째로 그녀의 가슴을 밀치고 들어왔다.

그녀는 고집스럽게 버티고 있는 그의 뒷모습을 안아주고 싶었다. 남에게 냉정해지기 전에 먼저 자신에게 냉정해져 있는 그의 깊은 상처를 안아서 어루만져주고 싶었다.

다른 곳으로 도망가서 함께 살자고 애걸했다는 지난번의 여자 이야기를 그가 털어놓았을 때, 봉애가 그랬다.

"자기는 그냥 즐기려고만 했던 일이었어?"

조롱하는 투였다.

"그러지 않았지. 나도 좋아했지. 그러니까 정신없이 빠져버린 거지."

그가 정색을 하고 말했다. 그럴 때는 영락없이 열일곱, 열여덟 살 먹은 남자아이가 된다. 아무런 거짓도, 어떤 꾸밈도 깃들여지가 없는 맨얼굴이었다. 그러나 그녀는 흥, 콧소리를 냈다. 더구나 두 사람의 밀회를 위해 집까지 따로 구했었다는 대목에 이르러서는 들고 있던 쇼핑 가방을 앞으로 내동댕이치기도 했다.

그러나 지금은 아니었다. 어쨌든 사랑이었던 것이다. 그것 때문에 그는 깊은 상처를 입었고 또한 상대방에게 지울 수 없는 흔적을 만들고만 것이다. 맨살로 안기던 여자가 무릎 꿇고 눈물 흘릴 때, 그걸 밀어내는 남자의 심정이 오죽했겠는가. 그는 또다시 재연될지도 모르는 그 상황을 두려워하고 있는 것이다.

그렇다고 그녀의 욕망이 가라앉는 것은 아니었다. 그 여자조차 목숨 걸어놓고 사랑할 수밖에 없었던 그의 존재가, 말할 수 없이 풍요롭고 아름답기까지 한 그의 육체가 귀신처럼 그녀를 잡아당겼다.

버스 드라이버

안아 줘, 어떤 말이나 의미도 붙이지 말고, 그 여자를 받아주었던 것처럼 그냥 그렇게 안아 줘. 봉애는 마음속으로 빌었다.

내 생애의 한 터널을 지나갈 수 있도록 도와줘. 제발, 나를 당신의 몸속으로 통과시켜 줘. 아무 미련, 어떤 터럭도 남기지 않고 그냥 나의 길로 걸어갈 거야. 타박타박.

그녀는 자신의 무릎 속에 얼굴을 꽁쳐 박았다.

언제나 일방적으로 거부되었던, 언제나 등을 보이고 차갑게 돌아서던 길고 어두운 그림자가 그녀를 휘감기 시작했다. 자신의 힘으로는 어찌해볼 수 없는 절망감이 그녀의 숨통을 찍어 눌렀다.

그때에도 **나는** 같이 놀던 아이가 그만 가버릴까 봐 전전긍긍하고 있었다.

온갖 편의를 다 봐주며 붙들고 있던, 그래도 공기받기에서 압도적으로 이겨버린 나는 패자가 된 친구의 고무신 한 짝을 숨길 수 있는 영예를 가지게 되었다. 나는 등겨를 담은 가마니 안에다, 예닐곱 개가 넘는 가마니 중에서, 그것도 가장 중간에 있는 것에다가 고무신 한 짝을 숨겼다. 그 가마니의 한쪽 귀가 터져 있다는 사실을 아는 사람은 우리 식구 중에서도 어머니와 나뿐이었다. 나는 터진 귀를 열고 친구의 고무신 한 짝을 그 속에 넣고는 다시 꽁꽁 여며놓았다. 치밀한 어른이라 해도 쉽게 찾아낼 수 없는 곳이었다. 꼭꼭, 야물고도 야무지게 숨겼다. 도저히 친구가 찾아낼 수 없도록. 나에게로 놀러오는, 세상의 유일한 친구인 이 아이가 신발을 찾지 못해 헤매는 동안은 완벽하게 나에게 소속되어 있을 것이다. 그건 내 곁을 떠나지 않을 것이라는 안도감이기도 했다.

그러나 아이는 건성으로 주변을 몇 번 둘러볼 뿐이었다. 우리의 놀이가 점점 더 흥미진진해지기는커녕 포기되고 체념되는 분위기로 바뀌어 갔다. 아래로 내려뜨는 눈과 새초롬히 다물어지는 아이의 얇은 입술을 보는 순간 나는 불안해지기 시작했다. 그토록 치밀하게 만들어놓은 아이와 나 사이에 확보된 시간과 공간이 와르르 무너지려 하고 있었다.

그러나 고무신을 내어주기에는 너무나 짧은 시간이었다. 예정하고 있던 시간의 반, 아니 반의반, 그것도 아니라면 다시 반의반도 되지 않는 시간이 경과했을 뿐이다. 놀이는 이제 막 시작된 것에 지나지 않았다.

나는 마른침을 꼴깍 삼켰다. 어쩔 수 없이 나는 그녀에게 창고의 위치를 가르쳐주어야 했다. 그래도 못 찾는다면 가마니까지, 그것도 어렵다면 몇째 가마니라는 것까지 가르쳐주려 했다. 부드러운 등겨 속에 가만히 놓인 고무신을 찾아 쥐는 그 순간이 얼마나 황홀한 것인가를 마음껏 누리게 해주려고 했다. 그리고 나는 그 순간에 이르기까지 친구가 얼마나 침착하게 분투했던가에 대해서 칭찬까지 해주고 싶었다. 정말로 좋은 친구이니까, 외로운 나에게로 자기 스스로 걸어 찾아온 친구였으니까. 그 아이를 빼고는 나에게 달리 아름다운 친구가 있을 리 없었다.

그러나 아이의 행동은 너무 급작스레 빗나가기 시작했다. 새치름한 입을 한쪽으로 비뚤어뜨리더니 벗은 맨발로 우리집 나무 대문을 쌩 나서고 말았다. 창고야, 창고에 있어, 내가 꺼내줄게, 기다려, 나는 많고 많은 친절한 말들을 가슴속에 준비하고 있었지만 친구를 위해 사용할 시간이 없었다. 어쩌면 아이가 가버린 공허함보다 그것을 말해 줄 기회가 상실되어 버렸다는 사실이 더 슬펐는지도 모른다.

그 상실감은 뒤에까지도 이어졌다.

발생해버린 사랑 앞에 한 번이라도 말해볼 기회를 가져보지 못했다는 거. 그것은 저 혼자 일어났고 저 혼자 눈앞에서 떠돌

다가 어느 날 사라져버렸다. 어떤 이유나 어떤 상황도 없이 오로지 나의 존재함이 이유였고 상황이었고 그리고 현실이 되었다.

이제 그녀는 더 이상 참고 싶지 않았다. 하다못해 비명이라도 지르고 손톱으로 후벼 파기라도 해야 했다.

"안아 줘. 안아주지 않으면 안 내릴 거야."

고목 같은 남자한테 그녀는 또 매달렸다.

밋밋하기 그지없던 그녀의 관능을 이끌어낸 사람은 바로 그였다. 언제나 남자로서 바라보던 그의 강한 눈빛과, 관용적인 웃음이 그녀에게서 자궁을 돌출시켰다.

좌회전하는 신호등에 밀려 차들이 줄을 지어 들어왔다. 그리고 그녀가 앉아 있는 버스 옆을 스치듯이 지나갔다.

"그래, 저 사람보고 안아주라고 그럴게."

그는 오늘도 은행 앞에서 대기하고 있는 학원버스를 가리키면서 말했다.

"왜 그 사람보고 안아주라고 그래?"

이제 그녀는 농담에 동화되지도 않는다. 그는 입을 다물고 묵묵히 시동을 걸었다. 그녀는 그의 운전 방향을 살폈다. 그러나

보통 때와 다름없이 그는 좌회전을 했고 이윽고 그녀의 아파트 진입로로 들어섰다.

"나, 안 내릴 거야. 안아주지 않으면 안 내린다고 그랬잖아."

그녀는 자리에 그냥 버티고 앉아 있다. 그는 아파트 정문이 가까워지자 속도를 늦추고 백미러를 통해 그녀를 흘끔 바라보았다. 고집스럽게 자리를 지키고 있는 그녀의 모습을 보고는 정문 앞을 그냥 지나쳐갔다. 그러나 버스가 멈춘 곳은 정문에서 얼마 떨어지지 않은 동사무소 앞이었다. 하루 일이 끝난 동사무소 앞 주차장은 한가한 편이었지만 승용차들에 비해 상대적으로 지붕이 높은 버스는 어디에서나 눈에 띌 만큼 우뚝 솟아 보였다.

"몇 년 전, 하던 일 부도내고 쫓기다시피 여기로 올라올 때 완전 빈털털이었어."

그는 운전석에 앉아 여전히 앞을 바라보며 자기 이야기를 했다. 낮으면서도 뻣뻣하게 굳어 있는 그의 목소리는 그녀에게 오히려 하소연하는 듯했다.

"돈 좀 벌어보겠다고 모델학원을 차렸다가 왕창 실패한 거야. 어쩌다 길거리에서 광고쟁이 눈에 띄어 모델 짓을 좀 해 봤지, 내가 뭐 이론적으로 아는 게 있어, 인맥이 있어? 차리는 건 어려

위도 말아 먹는 건, 그야말로 시간 문제더라구. 그래도 어째 살려보겠다고 바둥거리다가 정말 빈털터리가 되고 말았지. 그러니 어쩌겠어. 친구가 자기 집 용달차로 여기까지 태워다 주더라."

그가 옆에 있던 물병을 들고 물을 마셨다.

"그런 형편에 방 얻을 돈이 어디 있었겠나? 변두리에 부엌도 없는 방을 월세로 하나 얻었어. 그해 겨울이 얼마나 추웠던지, 짐이라고는 옷 보따리에 침대 하나가 전부였는데 말이야. 내가 우리 집사람을 그렇게 고생시킨 사람이야."

불행한 여자는 그래서 위험하다고 했던가.

한 남자의 절절한 하소연에도 불구하고 그녀는 엉뚱하게도 침대라는 말에 붙잡히고 만다. 도망오다시피 떠나오면서도, 부엌도 없는 방에 짐을 풀면서까지 그들 부부한테는 끝까지 침대가 따라다녔던 것이다. 남녀 두 사람이 결국 한 몸임을 승인해주는 침대…….

"젊었을 때는 그런 것도 몰랐지. 그런데 얼마 전에 그 문제가 터지고 나자 집사람이 죽으려고 그랬어. 아무리 말려도 듣지 않더라구. 막무가내로 죽겠다고 덤비는 통에, 정말 혼비백산했어. 그러면서 미안해지데. 못할 짓 많이 시켰다는 생각도 들고……."

죽기까지 몸부림치는 여자.

남편을 지키기 위해서라면 죽음까지도 불사할 수 있는 여자. 봉애의 눈에는 그들의 안방 깊숙이 놓여 있는 침대의 모습이 비쳐졌다. 이십대의 뜨거운 시간과 농염한 삼십대의 시절을 지나 지금까지 그들을 지켜주었던 그들만의 침대.

죽음으로까지 치닫고 싶었던 그의 아내의 고통에 대해서 봉애는 결코 동정하고 싶지 않았다. 동정은커녕 완벽하게 누려졌을 그들의 부부 생활에 대해서 말할 수 없는 질투심이 끓어올랐다.

10

적어도 두려움 때문에 물러나고 싶지는 않았다.

깨어질 수밖에 없는 것이라면 깨어지는 끝까지 걸어서 가보는 것. **내가** 바라는 것은 그것이었다. 마지막 한 발짝까지, 아니 마지막 단애를 넘어 마침내 허공 위에까지 이르러 한 발을 내디뎌보는 일.

적어도 소설 한 편은 남을 것이라고 생각했다.

그를 그리워하고 못 견뎌하고 애태우는 것은 현실이었다. 지금 바로 눈앞에 있는, 그리고 혈자리 삼백육십오 개, 더 나아가 셀 수 없이 많은 세포 하나하나들이 모두 일어서서 반응하고 있는 당장의 현실이었다.

나는 이제 현실을 찾았는지 모른다.

여태껏 나의 소설에는 현실이 없었다.

그건 곧 나에게 현실이 없다는 말과 통했다.

나에게 있는 것은 단절된 생활뿐이었다. 어디에도 연결되지 않는, 오로지 남편과 둘 만의 생활. 제한된 공간 안에서의 남편의 숨소리는 너무 컸다. 언제나 헉헉거리는 그의 숨. 쓰러질 듯이 가까스로 이어지는 그의 발자국. 그의 하루는 언제나 새벽의 두려움으로 시작되어 탈진한 밤 속에서 끝이 났다. 나는 늘 그의 허덕거리는 숨소리에 짓눌려서 꼼짝달싹할 수 없었다. 도대체 제대로 된 숨이 쉬어지지가 않았다. 숨 쉬지 못하는 인간이 쓰는 소설. 그건 지리멸렬했고 하수구 냄새가 났고 그리고 말할 수 없이 지겨웠다. 아무리 깊은 절망이라도 그 무엇과 소통되고 있을 때에는 아름다운 법이다. 깎아지른 절벽과 맞대면하고 있는 새파란 절망. 점액질 같은 끈끈한 어둠에 둘러싸여서 흐느적거리며 녹아내리는 멸망의 절망. 그러나 나의 절망은 스스로의 좁은 숨통에 가두어져서 오로지 질식당하고 있을 뿐이었다.

지금 나의 현실에서 존재하고 있는 것은 과거뿐이다. 현실이 박탈된 지금의 시간으로 인도해주었던 과거. 말할 수 없이 횡포했던 과거라는 시간. 그러나 거기에는 몸부림이 있었고 갈구의 몸짓이 있었다. 미래를 모르는 자가 꿈꾸었던 희망과 몸부림. 거기 어디쯤에는 아름다운 인간이 있었고, 그리고 꿈꾸는 자의 자유스러움이 있었다. 그러나 이제는 박살난 꿈, 산안개처럼 어디론가 뿔뿔이 흩어져버린 인간. 그 사랑은 지극한 아름다움으로 해서 더욱 더 깊은 상처를 남겼다.

　이제 나의 과거는 작은 불씨조차 남아 있지 않다. 언제나 꿈을 놓치지 않으려고 몸부림치던 몸짓에 대한 연민과 조소만이 남았을 뿐이다.

　독과 같은 회한, 치매처럼 어두운 망각.

　그거라도 부여잡고 나는 소설이라는 것을 쓰고자 했다. 문학이 곧 고통이라는 등식을 한때 믿은 적도 있었으니까. 고통이 아니라면 오염된 지푸라기라도 붙잡고 성공하지 않으면 안 된다는 당위성이기도 했다. 나의 몸에 쌓여 있는 비소 같은 독극물이 그렇게 속삭였다. 네는 성공하지 않으면 안 된다. 지난날의 어둠이 성공의 애드벌룬이 되어 세상 속으로 불쑥 떠올라야 한다. 그리고 사람들의 박수갈채가 짝짝짝 소나기로 떨어져 회

버스 드라이버

한으로 둘러싸인 네 몸을 깨끗이 씻겨내야 한다. 그것은 끊임없이 나를 부추기고 알겼다. 그렇게 함으로써 비로소 지난날의 눈물과 어둠이 씻겨 내려갈 것이라고 말했다. 그러나 그 말에 복종하면 할수록 나의 현재는 점점 더 희석되어지고 마멸되어 갔다. 나에게 남은 것은 독에 절은 과거와 애드벌룬에 높이 띄워질 미래뿐이었다. 그 두 점을 연결해 줄 통로는 그 어디에도 없었다. 과거는 과거인 채로 꽁꽁 묶여 있었고 현재가 없는 미래는 단지 갈구로만 남았다. 그 실타래를 풀 수 있는 길은 현재뿐이었다. 미래란 지금의 현실이 발판이 되어 이끌려나올 또 하나의 현실일 것이기 때문에.

누가 그랬다. 지금의 현실을 네 현실이 되도록 하라. 네 자신을 이 세상 속으로 끌어내라. 그리고 기꺼이 노출시켜라.

나의 존재란, 그리고 나의 현실이란 것도 남편 없이는 설명될 수 없었다. 그러나 나는 남편의 모습을 객관적으로 묘사해내지 못한다. 나는 남편을 잘 모르기 때문이다.

내가 알고 있는 건, 불안과 두려움으로 오그라든 껍질의 일부분이다.

여기에 남편의 실체는 없다.

그를 대신하고 있는 것은 무시무시한 공포감이다.

예기치 않게 벌어질 사고들에 대한 두려움. 그 사고의 현장이 결코 자기를 피해가지 않으리라는 뿌리 깊은 피해의식이 남편을 밀어내고 대신 그를 차지하고 있다.

남편이 두려워하는 천재지변 중 가장 그의 곁에 다가와 있는 것은 교통사고이다. 몸을 부서뜨리고 사지를 불구로 만드는 교통사고.

남편은 이 세상에서 일어나는 교통사고란 사고는 모두 자신의 것으로 껴안는다. 그는 결코 이 괴로움에서 도망가지 않는다. 기꺼이 자신 속에 껴안고 두려움과 공포를 그의 친구로 삼는다. 그가 가보지 않았던 길이란 모두 교통사고의 현장이 될 수 있다는 점에서 하나같이 익숙한 길이며 그리고 영원히 낯선 길로 남아 있다.

한창 피서철이던 여름날, **우리는** 정섭 씨 차에 타고 있었다. 어릴 때부터 남편의 이웃 친구이던 그는 우리 부부를 태우고 임진각 쪽으로 가고 있는 중이었다. 발바리라는 별명을 가진 그는 많은 길들을 자기 손바닥처럼 알고 있었다. 그날도 정섭 씨는 큰길을 버리고 작은 샛길만을 좇아서 구불구불 나아가고 있는 중이었다. 오솔길처럼 이어지는 길의 아름다리 나무는 차 안에서도 손만 뻗으면 닿을 것처럼 가까웠다.

이런 정다운 길이 있다니, 집만 나서면 바로 지척에 이런 무위의 자연이 펼쳐져 있다니, 눈에 들어오는 것마다 신기하고 감탄스러워 나는 아이처럼 들떴다. 정섭 씨는 새로 산 승용차의 부드러운 에어컨을 자랑이라도 하듯이 우리를 위해 알맞은 온도를 유지하고 있는 중이었다.

자연 공기 그대로 마셔요. 들떠 있는 내 목소리에 정섭 씨가 흐뭇하게 웃었다. 우리를 위해서 하루를 기꺼이 할애한 것과 거기에 적합한 노선을 고른 자신의 선택에 만족하는 웃음이었다. 아이처럼 잽싸고 활발한 그는 선량한 사람이었다. 정섭 씨는 차창을 내리고 에어컨을 껐다. 숲속의 따뜻한 공기가 내내 차가워진 피부 위로 부드럽게 감겨들었다.

그때 갑자기 많은 차들이 나타났다. 좁은 길이 편도 이 차선으로 넓어진 구간이었다. 그중의 한 차선은 아예 주차장이 되어 있었고 포장되지 않은 길가의 작은 공터도 평평한 곳이면 모두 승용차들 차지였다. 나머지 차들도 주차할 곳을 찾기 위해 두리번거리고 있는 중이었다.

유원지 이름 붙은 곳이면 다 이렇게 복잡해. 그런데 여기는 물이 없어 틀렸어. 정섭 씨가 그들을 바라보며 말했다. 길 아래쪽엔 많은 양은 아니어도 계곡물이 흐르고 있었다.

이건 물도 아니야.

거기에서 복닥거리고 있는 사람들이 한심하다는 듯이 정섭 씨가 웃었다. 그 웃음 속에는 우리가 가고 있는 목적지에 대한 모종의 흡족함이 한껏 담겨 있었다. 나는 정섭 씨가 위대하게 보였다.

나에게 있어서 길이란 오로지 목적지에 도착하기 위해서만 존재하는 곳이었다. 복잡하고, 살벌하고, 무미건조하고, 막히는 교통체증을 막막하게 견뎌내야 하는, 뜨거운 아스팔트만을 의미했다.

그런데 정섭 씨는 한 순간에 그걸 뛰어넘어버렸다. 길은 별안간 다정해지고 깊은 휴식 속으로 우리를 끌어들였다. 그의 운전 실력 또한 실뱀처럼 유연하고 부드러웠다.

그때 차들이 우왕좌왕하기 시작했다.

어디 사고났나본데. 정섭 씨가 그랬다.

양쪽의 한 차선씩을 주차장으로 쓴다고 해도 나머지 뚫린 편도 일 차선으로 무리 없이 달리던 차들이 그냥 길에 정지되어 버렸다. 반대 차선에서 달려오던 차들이 손가락으로 땅을 가리켰다.

이렇게 천천히 가고 있는 곳에서도 사고가 나나? 혼잣말처럼 그럴 때 정섭 씨가 그랬다. 아마, 요 위엘 겁니다. 커브가 심한 곳이 있거든요. 막히는 것도 거기쯤이면 끝이 나니까, 저쪽에서 마음 놓고 달려오다가 부딪친 것이 틀림없어요.

과연 정섭 씨의 예측대로 커브길 앞에서 두 대의 승용차가 쓰러져 있었다. 한 대는 아예 길 아래로 굴러 떨어졌고 한 대는 맞은편의 나무둥치에 가서 박혔다.

이 정도면 사람도 꽤 다쳤겠는데. 정섭 씨가 말했다. 많은 사람들이 나무둥치에 박힌 차 뒤편에 모여서 웅성거리고 있었다. 그런데 조금 떨어진 풀섶에 한 여자가 털퍼덕 앉아 있는 것이 보였다. 흙에 범벅이 된 치마를 늘어뜨리고 구역질을 하는 모양으로 땅바닥을 향해 고개를 수그리고 있었다. 그 뒤에는 또 다른 한 여자가 그녀의 등을 두드리고 있는 중이었다. 그러는 사이 우리가 탄 차는 뒤차에 밀려 그 앞을 빠져나왔다.

정섭 씨가 점 찍어두었던 다리 밑의 자리는 이미 다른 사람들이 차지하고 난 다음이었다. 거기를 발견한 사람이라면 누구라도 흐뭇해질 만큼 아늑하고 편안한 곳이었다. 발밑으로 바로 임진강의 지류가 시원하게 흐르고 옆으로는 넓은 들판이 산 아래 펼쳐졌다.

요새 사람들은 나보다 더 여우라니까. 다음에 오려면 일찍 출발해서 와야 되겠는 걸. 정섭 씨는 분하다는 듯이 말했다. 그의 얼굴은 여전히 웃고 있었다.

우리는 정섭 씨 친구가 한다는 음식점에서 오리겨자채를 먹고 돌아왔다. 그 음식점 역시 깊은 산속이어서 그것만으로도 자연을 다 누린 듯 비할 데 없이 흡족한 하루였다.

그리고 집에 들어서는 길이었다.

그 여자 죽었을 거야. 남편이 신발을 벗으면서 그랬다.

그 여자가 누구야? 나는 찜통처럼 데워져 있는 실내의 문을 열면서 빠른 말로 물었다.

아까 그 사고 현장에 있던 여자 말이야. 남편의 말에 나는 벌써 가슴이 답답해지기 시작했다. 남편은 웃고 마시고 떠드는 동안에도 지나간 그 사고를 가슴속에 담고 있었던 것이다. 그리고 집에 돌아오자마자 그걸 꺼내놓았다.

멀쩡한 여자를 보고 죽긴 뭐가 죽었다고 그래. 내 목소리는

버스 드라이버

자동적으로 높아졌다.

　당신은 그 여자 얼굴 못 봤어? 눈이 터져서 피범벅이었잖아. 분명히 머리 속 안이 터진 거야. 그렇지 않고서는 얼굴이 그렇게 완전히 갈 수가 없는 거라구. 남편은 자기 생각에 질려 내가 소리를 높이는 것도 알지 못하는 듯했다.

　무슨 피가 났다고 그래? 사고 때문에 놀래서 그렇게 앉아 있는 거지. 내 음성은 이미 돌이킬 수 없는 짜증을 싣고 있었다.

　당신은 잘못 본거야. 그 여자는 내가 앉은 쪽에 앉아 있었잖아. 한쪽 눈에서 피가 질질 흐르더라구.

　남편은 그 사실을 강조했다. 그런데도 내 생각 역시 조금도 변하려고 하지 않았다. 그 여자는 분명히 헛구역질을 했을 뿐이었다. 놀라서 정신이 없는 얼굴이긴 했지만 피 같은 건 어디에도 없었다. 단지 차를 빠져나올 때 그랬는지, 아니면 사고가 날 때 흙이 튀어 들어왔는지 그 여자 옷의 군데군데에 흙이 묻어 있었을 뿐이었다. 남편이 피를 보았다고 우기는 것은 공포심 때문이었다. 그것이 붉은 선혈의 피를 만들어서 그의 가슴 속을 흐르도록 한 것이다. 황망하게 풀숲에 앉아 있던 사람은 이제 그 여자가 아니다. 이제 남편이 거기에 앉아 있다. 뇌가 깨지고 으깨진 채로 피를 철철 흘리면서 그 풀숲에 앉아 죽음의 구역질을 하고 있다.

　니는 그 속에 가지마라.

　어린 그녀의 엄마는 늘 그랬다.

　마루 끝에 가방을 내려놓고 돌아서는 나를 엄마는 언제나 그렇게 붙잡았다. 애들이 밖에서 기다리고 있단 말이야. 그 말을 하면서 벌써 나는 울먹이기 시작한다. 애들은 놀다가 제멋대로 뛰어가 버릴 텐데, 그때 니 혼자서 어떡할래? 엄마는 더욱더 집요하게 나를 붙들고 놓지 않는다.

　혼자 남으면 혼자 오지. 나는 소리친다.

　그렇게 가고 싶으면 가 봐. 어디 한 번 가 봐. 엄마도 끝까지 소리를 질렀다. 그러나 나는 마루 끝에 주저앉고 만다. 엄마의 저지선을 뚫는데 언제나 나의 힘은 소진되어버린다. 더 이상 아이들을 쫓아갈 에너지가 남아 있지 않았다. 나는 기진맥진하여 누워 있다가 그대로 잠들고 만다.

　이제는 남편이었다.

　가지 마. 일진이 안 좋은 날이야. 어제 꿈자리가 안 좋았어.

남편은 언제나 낮은 목소리로 경건하게 말한다. 지극히 조용하면서도 변할 수 없는 확신을 담은 그의 말은 곧장 하느님의 말씀 같았다. 그런데도 나는 늘 그 말에 화가 났다. 그러면서도 번번이 그 말에 붙잡혀서 주저앉고 만다.

여기에는 언제나 세 사람의 공포가 합하여져 범벅이 되어 있다. 엄마의 공포와 남편의 공포, 그리고 나의 공포다.

시숙이 그랬다.
쟤는 유달리 겁이 많았어요.
시숙은 재미난 이야기를 하는 것처럼 웃었다.
하루는 그러더라구요, 우리 피난가게 되면 나는 어떡해? 그러는 거예요. 아, 그런데 그 표정이 심각해요. 아이 얼굴 같지가 않았죠. 아직 어린 마음인데도 그 순간 동생이 참 안된 생각이 들더라구요. 그래서 내가 그랬죠. 걱정하지 마. 내가 업고 갈 테니까.
남편보다 세 살이 위인 시숙이 어린 동생을 업고서 극장구경을 다녔다는 이야기를 하다가 그 말이 나왔다. 누워서 텔레비전에 눈을 주고 있던 남편이 별소리를 다 하네, 라는 표정을 지었다. 그러면서 남편이 그 말을 받았다. 우리 어릴 때는 온통 전쟁 분위기였잖아. 사람들이 모이기만 하면 하는 게 전쟁 이야기였다구.

맞아, 맞아, 특히 제물포 아저씨가 그랬어.

시숙은 떠오르는 옛날 생각에 흥분하여 침까지 튀겼다.

남편은 한창 전쟁 중일 때 태어났다. 국군으로 원산까지 올라간 남편의 아버지가 미군의 통역인으로 뽑혀서 내려온 다음이었다. 그 전에 미국인 회사에서 일했던 그는 영어를 할 수 있는 드문 한국인 중의 한 사람이었다.

어쨌거나 전쟁터에서 극적으로 살아서 돌아온 날, 이후에 나에게는 남편이 될, 작은 씨앗이 한 여자의 몸에 뿌려졌다. 시어머니는 전쟁 중에 내내 무거운 몸을 끌고 다녔다.

비행기 소리가 나면 이제 막 두 돌밖에 되지 않은 아이가 부리나케 부엌으로 뛰어 들어 갔다. 포탄, 포탄, 작은 손가락으로 하늘을 가리키면서 담요 속에 머리를 처박고 한 손으로는 엄마를 끌어당겼다. 엉덩이를 치켜들고 담요 속으로 기어들어가던 아이가 시숙이었고, 그리고 아직 엄마 뱃속에 들어 있던 아이가 남편이었다.

버스 드라이버

내 몸이 싫은 거지?

차에서 헤어질 때면, 그는 여전히 운전석에 앉아 있고, 통나
무처럼 단단하고 완강한 그의 다리는 브레이크 위에 멈추어져
있고, 안녕, 그녀가 손을 들어 아쉬운 인사를 할 때면, 그의 눈
은 그녀의 엉덩이를 바라보았다. 그녀의 눈이 그의 앞에서 미처
돌아서기도 전에 그의 눈이 먼저 그녀의 엉덩이를 더듬어서 일
별한다. 그리고 빙긋 웃었다. 어린 남자아이의 건들거리는 웃음
으로 그가 웃는다. 그러면서 그는 웃음을 뒤로 슬쩍 감춘다.

계단 내려오는 일에 정신을 쏟는 그녀는 그 웃음을 모른다.
비식거리며 나오는 그의 웃음이 무엇을 의미하는지에 대해서도
여전히 알 길이 없다. 그런데도 그녀는 가끔 그의 웃음을 느낀
다. 눈으로가 아닌 자기 몸으로서 불량스러운 그의 눈길을 본
듯하다.

"결국은 내 몸 때문에 그러는 거지?"

그녀가 심술궂게 반문했다.

"이렇게까지 밀어내는 건 내 몸이 싫어서 그런 거지?"

그녀가 끈질기게 묻는다.

"내 마음을 그렇게도 모르겠어?"

그가 그녀를 돌아보면서 말했다.

"이젠 나, 그런 것 싫어."

그는 무엇인가를 떨쳐버리려는 듯이 머리를 흔들었다.

"싫으면 싫다, 라고 솔직하게 말해. 내가 너를 옆에 붙여둔 것은 여자라서가 아니라 조잘거리는 입 때문이었다고 솔직하게 말해."

그녀의 눈은 점점 더 이악스러워진다.

"봉애 말고도 일부러 차 타는 여자들 많아. 대도 아파트에 사는 여자는 키도 크고 너보다 나이도 젊어. 아직 생생해. 그래도 싫다고 그랬어. 이젠 나, 그런 것 싫어."

그가 피곤한 표정을 지었다. 그녀는 그의 말을 순순히 인정했다. 수려한 얼굴은 차치하고라도 다 그처럼 풍요로운 몸을 가진 것은 아닐 것이다.

아무리 그렇더라도, 나를 한 번만 안아주고 끝을 내라고 그녀는 그런다.

"싫다니까."

그가 다시 고개를 흔들었다.

"그러니까 내가 싫은 거지."

그녀는 집요했다.

"그렇지 않아. 여자들 경험해보니까, 다 나름대로 색깔이 각 각인데 싫은 여자가 어디 있어?"

"그럼, 나는 더 특별할 것 아냐?"

그는 아무 말도 하지 않는다.

"나를 한 번만 안아주고 그리고 정리하고 싶으면 그때 가서 정리해. 그때는 아무 말도 하지 않을게."

그때 흰 자위가 많은 눈으로 그녀를 바라보았다. 힐끗한 눈매 가 부랑자처럼 보였지만 그것이 더욱 그의 얼굴을 짙은 고뇌 속 으로 밀어 넣었다.

"안 돼. 한 번 안고, 안기고 나면 그렇게 될 수가 없어. 전번의 여자도 같이 자고나서부터 무섭게 달라진 거야. 처음에는 그러 지 않았어."

그의 결론은 아이가 덧셈 뺄셈 공식을 처음 깨쳤을 때처럼 언 제나 선명하고 명료했다.

내가 그 여자 같은 줄 알아? 아이도 버리고, 아니, 젖먹이 아 이까지 떠메고 나와서 다른 남자한테 안기는 그런 여자와 똑같 은 줄 알아? 그녀는 고래고래 소리치고 싶다.

11

봉애가 일반 시내버스 정류장에 서 있을 때였다. 마침 앞을 지나던 플라자 2호 버스가 그녀를 발견하고 멈춰 섰다.

"웬일이십니까? 오늘은 이군 차로 퇴근하지 않는 날입니까?"

2호 셔틀버스 기사인 신씨였다.

"저도 자립할 때가 있답니다."

그녀가 웃으면서 농담으로 받았다. 확실히 전에 보다는 버스 타는 일이 수월해져서 수련센터와 집을 오가는 시내버스를 가끔 이용할 수도 있게 되었다. 셔틀버스를 벗어나기 위해서라도 다른 버스에 익숙해질 필요가 있었다.

"그렇다면 오늘은 제가 모셔드리지요."

2호 기사가 유쾌하게 웃으며 올라오라는 손짓을 했다.

"괜찮습니다. 저랑 같은 노선도 아니시잖아요?"

그녀의 말에 대답했다.

"마침 오늘 일이 일찍 끝나서 바람이나 쐬러 갈까 하던 참이었습니다. 시간 나시면 제가 좋은 곳으로 안내하지요."

사실 그녀도 옥죄여오는 답답함을 풀어내려면 무언가가 필요하던 참이라 순순히 2호차에 올랐다. 가는 길에 그가 잠깐 차를 세우더니 작은 마켓에 들러 캔 맥주랑 비스킷 등 몇 가지를 사가지고 올라왔다.

"아저씨들의 일반적인 메뉴와는 거리가 좀 있는데요."

간식봉투를 건네받는 그녀의 말에 그가 빙그레 웃었다.

"여행 다닐 때 애용하던 손쉬운 간식들이죠. 그러다보니 버릇이 되었어요."

시내를 벗어나자마자 작은 샛길로 접어들었는데 시간여행을 나온 것처럼 갑자기 다른 세계가 펼쳐졌다. 아파트촌 바로 뒤에 이런 자연이 있었다니, 그녀가 놀라는 사이 그는 꼬불꼬불한 소로를 한참 더 들어가서 차를 세웠다.

큰 묘지가 중간에 있는 완만한 평지였다. 뒤로는 제법 아담한 소나무 숲이 있었고 옆으로는 온통 배밭이었는데 멀리 철교가 보이고 그 아래로 강물이 흘렀다. 사적에 올라갈 만한 아름다운 묘지였는데도 평범한 묘비명이어서 문화제로 지정된 곳은 아닌 것 같았다. 그가 잔디밭 한쪽에다 사온 간식을 풀었다. 그때 마침 기차가 장난감처럼 천천히 지나가는 것이 보였다.

"아!"

그녀는 자기도 모르게 탄성을 질렀다.

"제 고향에도 철교가 있어서, 거기로 지나가는 기차를 볼 때마다 먼 곳으로 늘 가고 싶어 했어요."

눈을 가늘게 뜨고 눈부시게 바라보고 있는 그녀의 말이었다.

"그 먼 곳이 어디였습니까?"

"그때는 고향이 아니라면 다 먼 곳이었죠. 스무 살이 되기 전까지는 고향을 벗어나본 적이 없었거든요."

그녀의 눈이 아슴아슴해졌다.

"이제는 반대로 고향이 그립겠군요."

그의 말에 그녀가 웃었다.

"그러긴 하지만 그래도 전 고향이 아닌 곳이 더 편해요. 고향은 그리움만으로도 의미가 이미 넘치는 곳이니까요."

그녀가 말을 이었다.

"전 몸이 자유로웠더라면 더 먼 곳으로 갔을 거 같은데요. 히말라야나 안달루시아 같은 곳이요."

그녀가 웃으며 말했다. 허공을 가로지르는 철교와 반짝이는 미루나무, 하루의 마지막 빛을 토해내는 황금햇살이 그녀의 영혼을 활짝 열어 제치는 것 같았다.

"아저씨는 직접 발로 다 가보신 곳인가요?"

내내 미소 짓고 있는 2호 기사한테 그녀가 물었다.

"유럽을 못 가봤으니 당연히 안달루시아에도 못 가봤습니다. 저는 가까운 아시아에서만 몇 군데 돌아다녔죠."

"여행을 다니시기 위해 학교를 관두셨나요?"

전에 학교 교사였다는 말이 생각나서 물어보았다.

"꼭 그런 건 아니었는데 결과적으로는 그렇게 된 셈이죠."

캔 맥주를 마시면서 쉬엄쉬엄 풀어놓은 이야기는 다음과 같았다.

그는 윤리교사로 애들 가르치는 일을 좋아했다. 명랑하게 깨쳐가는 아이들의 모습을 보면 즐겁고, 무엇보다도 학생들을 닦달하지 않아도 괜찮은 과목이라는 점이 그가 교사직을 더 좋아할 수 있었던 이유였다. 그런데 언젠가부터 아이들과의 관계가 소원해지기 시작했다. 입시 위주 수업에서 윤리과목의 비중이 떨어지는 게 원인이긴 했지만, 그 못지않게 나이 들어가는 것도 아이들과의 소통을 방해하는 것 같았다. 혈기왕성한 청소년들이란 과격한 것과 생동하는 몸과 혈기에 끌리는데, 점점 더 감각적인 사회로 치닫다보니 그 정도가 심해졌고 반대로 그는 어느덧 늙어 가고 있었다. 그러던 차에 아끼던 학생이 그만 자살을 한 사건이 일어났다. 여느 애들과는 다르게 철학에 관심이 있어서 개인적으로 책도 빌려가곤 하던 학생이었다. 그런데 진지한 의논은커녕 어려움을 털어놓은 적도 한 번 없었는데 어느 날 갑자기 돌이킬 수 없는 선택을 하고 말았다는 사실이 그에게 큰 충격을 주었다. 그나마 사제지간으로서의 정이 없지 않다고 믿었는데 사실은 전혀 소통하지 못했다는 것이 교사로서의 한계일 뿐 아니라 한 인간으로서도 양심의 가책을 느꼈다.

그러던 중 연금을 받을 수 있는 햇수가 되자 사표를 내고 나왔다. 나이 쉰이면 생활의 모든 근거를 아내와 자녀에게 물려주고 탁발 수행자로 출가를 한다는 인도의 전통에 대한 글을 읽었던 기억이 있어서 인도로 떠났던 것이 여행의 시발이 되었다는 것이었다.

"학생을 진심으로 아끼는 선생님이셨네요."

그녀의 말에 그가 빙긋 웃었다.

"그렇지는 못했어요. 오래 가르치다보니 게으름도 나오고, 적당히 넘어갈 때가 많았죠. 그렇지만 아는 지식을 단순 레코딩하는 기계로 살고 싶지는 않았어요. 나한테도 인간적인 자극이 필요했거든요."

"그럼 이제 여행은 끝내고 돌아오신 건가요?"

그들의 발아래 서 있는 버스를 바라보면서 그녀가 물었다.

"아, 저 버스 일이요?"

그가 그녀의 궁금증을 들여다본 듯 말했다.

"버스 일을 하는 건 내가 언제든 떠날 수 있는 임시직이라는 증거죠. 언제든지 다시 출발할 수 있으니까요. 이 일이 이래 뵈도 하고 싶어 하는 사람들이 의외로 많아요."

그가 만족하게 웃었다.

"또 생각하기 따라선 속이 편한 일이랍니다. 머리로 골몰하지 않아도 되고 운전하면서 음악도 듣고 사람들과 사귀는 것도 즐거운 일이지요."

그는 맥주조차도 달게 마시는 것 같았다. 플라자 앞에서 마주칠 때마다 늘 웃으며 가볍게 다니던 모습이 이렇게 획득한 자유의 표현이었음을 새삼 느끼게 했다.

"성함이 봉애 씨라고 하셨나요?"

그가 이름을 지칭할 때 그녀 얼굴이 빨개졌다. 1호 기사한테 매달리는 모습을 적나라하게 들킨 것 같은 부끄러움이었다. 그러나 그는 개의치 않고 웃으며 말을 이었다.

"퍽이나 귀여운 이름입니다."

"그렇지요? 실물과는 많이 다른 이름이지요."

"실물도 마찬가진데요."

그러면서 둘이 웃었다. 거의 바닥이 드러난 캔을 들어 건배를 청해 오더니 그가 문득 물었다.

"봉애 씨가 자신을 함부로 내돌릴 사람으로 보이지는 않는데, 이군과 특별한 인연이라도 있으신가요?"

얼른 대답을 못하고 있는 사이 그가 말했다.

"사람과의 인연은 겉으로 보아 알 수 없는 일이기는 하죠. 쓸데없는 말을 한 것 같습니다."

"아닙니다."

부끄러운 일이긴 했지만 한편으로는 이렇게 물어봐 주는 것이 고맙기도 했다. 누구한테도 털어놓지 못한 일이었다. 그동안 몇 번이나 대화할 기회가 있었는데도 왜 한 번도 그러지 못했을까, 새삼 아쉬움마저 들었다.

"어떤 인연인지는 모르겠어요. 오랫동안 몸이 안 좋았는데 우연인지, 은총인지 몸이 깨어나기 시작하면서부터 그가 제 앞에 나타났어요. 그동안 나의 결핍이라고 여겼던 부분들을 한꺼번에 역전시킬 것 같은 가능성을 보여주면서요."

그녀의 입에서 작은 한숨이 나왔다.

"네에."

그가 고개를 끄덕였다.

"전에 같으면 엄두도 못 냈을 테지만, 나이 들어서 뻔뻔해진 건지, 아님 절박해진 건지, 새롭게 다가오는 경험을 피하고 싶지 않았어요."

그가 조용히 귀를 기울였다.

"사실 제가 가장 해보고 싶은 것은 아저씨처럼 여행을 하는 거였어요. 배낭 하나 울러 메고 어디라도 겁내지 않고, 돈에 매이지도 않으면서 발길 가는대로 가다가 거기서 일도 하고 여행도 하고 그러고 싶었어요. 여행 중에서도 걷는 여행이 가장 부럽더라고요. 내가 불편한 몸이 아니라면 마라톤 선수가 되고 싶은 것처럼 이것도 일종의 보상심리겠지만 말이에요. 어쨌든 그래요. 다른 운동은 특정한 운동신경이나 자질이 필요하겠지만 마라톤은 달리고 싶은 열정과 인내가 있으면 가능하지 않겠어요?"

마라톤 정도라면 전문적인 소양이 더 필요할 수도 있겠지만 적어도 그녀의 소망이 담긴 것이니만치 그는 말없이 듣기만 했다. 그녀의 얼굴은 점점 더 열기로 피어났다.

　"제가 결혼을 한 것도 삶을 경험해보고 싶은 욕망과 다르지 않았어요. 보통 사람들처럼 나이가 들면 자연스레 결혼으로 연결되는 것과는 우리는 조건이 다르거든요. 많은 사람들이 실패가 뻔한 결혼이라고 말렸지만 전 그런 것과는 상관없이 우리 앞에 다가 온 삶의 과정을 피하고 싶지 않았어요."

　"음, 그런 식으로 시작했다면 혹시 책임 없는 행동이 되지는 않을까요?"

　그녀의 말에 꼭 적합한 질문이라고 할 수는 없었지만, 그에게 별다른 말이 생각나지 않았다.

　"경험에 대한 시도를 무책임하다고요? 대부분 경험이라면 일회적이라고 생각하는 것 같은데, 하나의 경험은 반드시 다른 경험으로 연결되잖아요. 길이 이어져서 다음 길로 연결되는 것처럼 말이에요. 우리 두 사람의 경험이 분명히 또 다른 경험을 열어줄 것이라고 믿었죠. 설령 그렇게 되지 못할지라도 한 자리에 멈춰 있을 수는 없는 일이지 않겠어요?"

　그가 고개를 끄덕이면서 그녀를 유심히 쳐다보았다.

버스 드라이버

"아저씨는 지금 제가 원하는 대로 되었는지 그렇게 묻고 싶으신 거죠?"

그녀의 물음에 그가 다시 빙그레 웃었다.

"현재로선 난관이긴 해요."

"그래서 다른 사람을 만나도 좋다, 라고 결론을 내리신건가요?"

듣기에 따라 비난이나 빈정대는 질문일 수도 있겠지만 그의 눈은 어디까지나 따뜻한 관심을 드러내고 있었다.

"부부간에 책임을 다 한다고 해서 둘 만의 폐쇄적인 공간에 갇힌다면 그게 과연 책임감일까요? 남편이 날 사랑하는 건 어디까지나 열정과 에너지가 있을 때이지, 내가 무감각하게 일상을 지탱한다고 해서 그게 바람직하지는 않을 거예요. 물론 저도 마찬가지구요."

"내가 학생들을 떠난 이유와도 비슷하군요."

그가 공감의 고개를 끄덕였다. 하지만 그녀의 얼굴은 우울해졌다.

"하지만 내가 이 기사한테 애달파 한다는 사실을 남편이 알면 얼마나 낙심할지, 그건 정말 괴로운 일이에요. 그래서 빨리 끝내려고요. 나를 흔드는 이 열정의 정체를 알고 나면 그것으로 잘 정리할 수 있을 것 같아요."

"으음."

그는 동의도 반대도 아닌, 애매한 표정을 지었다.

"우습게 들리겠지만 저에겐 꼭 필요한 한 번의 경험이에요."

"그런데 그게 쉽지 않은 단계가 되었다는 거죠? 생각하기에 따라서는 쉬운 일일 수도 있겠지만 어려운 일이기도 하죠. 특히 성에 대해 폐쇄적인 우리 사회에서는요."

그가 조용히 말했다.

"그게 그렇게도 어려운 일일까요? 아저씨는 외국 여성과 동거한 적도 있으시다면서요?"

"이군한테 들으셨군요. 그건 여행 중에 일어난 일이니까 특수한 경우라고 할 수 있지요. 어디서나 자연스럽게 받아들여지면 더 좋겠지만 말입니다."

그러면서 그의 지난 이야기를 했다.

"지금부터 이 년 전쯤 일이네요. 인도 여행 중이었는데 '레이'라는 도시에서 좀 떨어진 지역이었죠. 땅보다 하늘이 더 가깝다는 그곳은 아침에 눈 뜨면 설산이 바로 눈앞에 보여요. 히말라야 산맥과 카라코람 산맥 사이의 가파른 산악지대인데도 워낙 아름다운 곳인데다 신령스러운 기운이 있어서 외국인들이 많이 모이는 곳이에요. 주로 여행객이지만 몇 년씩 머무르는 사람들도 많아 순례자 마을이 형성되어 있어요. 거기에서는 마음이 맞으면 함께 사는 것이 자연스럽게 되어 있더군요. 기왕 제도적인 사회를 떠나온 사람들인데다 그렇게 하면 생활비도 아낄 수 있고, 하여튼 그곳에서는 그게 자연스러워요.

　나도 운이 좋다고 해야 할지, 이런 표현이 이상하지만, 이십 대 젊은 아가씨랑 한동안 지내게 되었는데, 사실은 기혼여성이에요. 아기도 있고요. 생활이 어려워서 남편이 외국인 근로자로 파견 나가 있다고 했어요. 그래서 자기도 돈을 벌 요량으로 아기를 부모님께 맡기고 관광객들이 많은 도시로 나와 호텔에서 일을 하고 있었어요. 내가 순례자 마을에 집을 구하기 전에 한동안 투숙하던 호텔이었죠. 호텔이라고 하지만 게스트 하우스 같은 평범한 여관이었어요. 거기서 일하던 상냥하고 건강한 여성이었죠. 그런데 어느 날 심한 열병이 났다고 그러더군요. 그러고 얼마 뒤에 우연히 길에서 만났는데 직장에서 쫓겨났다고, 몸은 아픈데 갈 데가 없다고 하더군요. 사정이 딱해 보여서 내가 빌린 하우스에서라도 일단 지내겠냐고 물어봤죠. 다행이 방이 두 개인데다 물가가 비싼 편이 아니어서 나로선 큰 출혈이 없어도 가능한 일이었거든요.

고맙다고 들어와서 한 열흘 쉬고 나더니 회복이 되기 시작했어요. 그런데 떠나지를 않고 계속 집안일을 해주는 거예요. 그러더니 어느 날, 춥다고 같이 자도 되냐고 하길레, 그러라고 했더니 아주 자연스럽게 내 침상으로 들어와서 몸을 대고 눕는 거예요. 서로의 몸을 만지고 풀어 주는 걸 최상의 친절로 여기는 것 같았고 그러다보니 남녀 관계도 자연스러운 신체의 기능으로 받아들이더군요. 처음에는 좀 어색했지만 자연처럼 사는 것이 당연한 그곳에선 그것조차도 자연스럽게 여겨졌어요. 뒤에 몸이 완전하게 회복되고 다시 호텔에 일을 나가기 시작했는데도 저녁이면 여전히 돌아와서 함께 지내는 생활이 계속되었지요. 그러기를 한 반 년쯤 했는데 전화가 왔다고 하더군요. 남편이 집으로 돌아온다고요. 그녀가 기뻐서 어쩔 줄을 모르고 짐을 싸더군요. 직행버스를 타는 이웃 마을까지 내가 배웅을 해주었지요."

그 이야기를 듣는 것만으로도 봉애한테 젊은 여성의 생동하는 기운이 전해지는 것 같았다.

"그게 자연스러운 일이잖아요. 각자 주어진 시간과 공간 안에서 최대한 자유로운 삶을 사는 것 말이에요. 그런데 사람들은 무얼 위해 정해진 틀에다 서로를 얽어매고 사는 걸까요? 사람조차도 자기 걸로 묶어두고자 하는 소유의식이요? 그래서 행복 해졌을까요?"

그녀는 정말이지 그런 삶이 부러웠다. 그러나 부러워하는 것과 실제로 행하는 일이란 전혀 다른 세상에 속해 있음을 인정하지 않을 수 없었다.

"한 개인이 사회의 관습이나 틀을 벗어나는 것이 쉽지는 않죠. 많은 경우 사회에서 부과하는 방식을 그대로 답습하는 것이 온전한 시민으로서의 미덕이라고까지 여기니까요."

얘기를 하고 있는 동안 새들이 그들의 가까운 곳까지 내려와서 꼬리를 치켜들고 통통통 뛰어다녔다. 꼭 참새처럼 생겼는데 푸른빛이 섞인 검정색이고 배 부분만 하얀색이었다.

"1호차 이 기사 같은 분. 미덕을 넘어 죄의식까지 대단하지요."

그녀가 새를 바라보며 말했다.

"사회와 국가가 개인의 몸까지 통제한다는 비판이 나오는 걸 보면, 그걸 한 개인의 의식이라고만은 할 수 없지요."

그의 말에 봉애가 고개를 끄덕였다.

"사실 난 그 젊은 여성과의 반 년 남짓한 생활로 뭔가가 후련해지는 느낌이었어요. 알게 모르게 지고 다니던 짐을 내려놓았다고나 할까, 사실 학교에 있을 때는 나이 드는 것이 학생들에게 미안하게 느껴졌고, 이 사회 속에서 점차 보잘 것 없는 존재로 전락하고 있다는 위기감이 없지 않았거든요. 그런데 그런 것들이 사라졌어요. 이 얘기를 하니까 누군가가 나한테 묻더군요. 젊은 여성을 만족시켜줄 만큼 힘이 좋았냐구요."

그러면서 그가 하하하, 소리 내어 웃었다.

"저도 궁금해지는데요."

그녀도 웃으면서 호기심을 숨기지 않았다.

"그건 힘이라기보다는 흐름의 문제 같아요. 연령이나 남녀관계, 주변 이런 조건들에 사로잡혀 있을 때는 본능적으로 힘이 들어가요. 마치 막힌 통로를 뚫을 때처럼 말입니다. 하지만 그런 것에서 자유로워지면…… 하하핫."

그가 웃음으로 뒷말을 대신했다.

"정말 그럴까요? 이론적으로는 그럴 것 같은데. 실제로도 가능한 세계인지 누구라도 궁금해 할 것 같은데요."

그녀의 물음에 그가 말을 이었다.

"성에 폐쇄적인 사회일수록 그걸 특별한 힘의 문제라고 생각하는 듯해요. 그래서 정력에 좋다는 온갖 이상한 물질들이 성행하는 거구요. 그러나 자연스러운 에너지의 흐름으로 받아들일 수 있으면 그런 관점에서 놓여나지요. 에너지의 흐름을 통제하거나 의도적으로 강요하려고 하지 않는다면 몸도 마음과 똑같이 친절과 따뜻함의 미덕이 필요할 뿐, 그 이상도 이하도 아니라는 걸 저도 그때 비로소 깨달았어요."

봉애는 고개를 끄덕이며 비스킷을 조각내어 새들한테 던져주었다. 그녀가 바라는 게 바로 그런 것이었다. 에너지의 자연스런 흐름. 그게 인위적으로 막히지 않고 한 번만이라도 제대로 흘러가보기를 원하는 것이었다.

"사람끼리 서로 좋아지기 시작하면, 그때 이미 에너지의 흐름이 시작된 거잖아요. 그런데 갑자기 그 흐름이 멈춘단 말이에요. 그런데 조금 전에 분명히 존재했던 에너지가 갑자기 없어질 리는 없잖아요. 그게 어디로 갔느냐는 거죠."

새들이 그녀가 던진 비스킷 조각에 관심을 보이며 모여들었다. 가느다란 두 발로 통통 뛰어다니는 새들의 꽁지가 유난히 까딱거렸다.

"물론 제 조건이 부담을 더 가중시킬 수 있다고 생각을 해요. 그렇지만 그게 그토록 어려운 일이었다면 애초에 어떻게 시작을 했을까요? 자신을 내어줄 의사도 없으면서 무엇 때문에 상대방을 촉발시켰을까요?"

그녀가 두 손으로 자신의 얼굴을 가렸다. 어떤 말을 해도 부끄러움을 비켜갈 수는 없었다.

"그게 수컷의 본능이지요. 본능적으로 자기 매력을 발산시키고 그리고 인정받고 싶은 욕구."

그가 빙그레 웃다가 조용히 말했다.

"이군이 생각보다 트라우마가 있어요. 잘 생긴 외모 때문에, 물론 다른 사람들이 부러워하는 조건이지만, 오히려 그로 인해 겪지 않아도 될 일을 겪기도 했어요."

그러면서 그녀에게 제안했다. 극히 유쾌한 어조였다.

"봉애 씨 경험의 대상 말이죠. 이 몸을 삼으시는 건 어떻습니까? 저야 아내한테도 이미 버려진 신세라 어디에도 매인 게 없는 처지니까요."

그러고는 하하하 웃었다.

"아휴, 아저씨. 이십대 여성에게 간택 당하신 몸이신데 제가, 어찌."

그러면서 두 사람이 마주보고 웃었다.

"저 새가 검푸른 색깔만 아니라면 꼭 참새 같지 않나요?"

그녀가 눈을 돌리며 물었다. 새들이 작은 부리로 땅을 콕콕 쪼다가 포르릉 날아오르기를 반복했다.

"박새 같은데요. 아마 우리나라의 대표적인 텃새지요. 그래서

버스 드라이버

217

그런지 친근감이 있습니다."

"그러게요. 참새도 아니면서 이렇게 사람 가까이까지 온 박새는 처음이에요."

잠시 새를 바라보다가 그녀가 말했다.

"아저씨 말씀 고마워요. 그러나 아직 저는 그 눈빛 속으로 한 번 들어가 보고 싶어요. 생각 같은 건 끼어들 틈도 없이 타오르던 그 눈 말이에요. 열정과 합해진 육체, 의식보다 무의식이 선행하여 끌어당기는 그 실체를 한 번은 꼭 경험해보고 싶은 걸요."

그녀의 조용한 말에 그가 과장되게 실망한 표정을 지으며 말했다.

"제가 학생들에게 거부당했던 이유랑 역시 비슷하군요. 젊은 몸도 결국은 늙기 마련이고 아무리 새로운 것도 익숙해지면 역시 낡아질텐데요."

농담처럼 던지는 그의 말을 들으면서 그녀가 고개를 끄덕였다. 철없어 보이는 그녀의 소망은 이미 물 건너 가 버렸을지도 모른다. 사실이 그러할 것이다. 그런데도 그녀는 한 가닥의 마지막 줄을 놓아버릴 수가 없었다.

12

그녀는 직선도로를 두고 일부러 구불구불 돌아간다.

상가 모퉁이만 돌면 될 것을 정차된 차 사이를 들락거리고 끝이 뻔해 보이는 골목을 한 바퀴 돌아 나오기도 했다. 푸른 그의 버스가 한없이 보고 싶으면서도 한편으론 그 긴장감이 두려웠다.

드디어 모퉁이를 돌아 진열 윈도우가 끝나버리자 마침내 푸른 버스가 나타났다. 그의 수족 아래에서 날렵하고도 부드럽게 움직이는 버스는 잘 길들여진 경주마와 같았다. 날씬한 차체 지붕 위의 계급장 같이 살풋 들린 환기통을 보는 것만으로도 그녀의 몸은 환희와 떨림으로 달아올랐다.

그러나 차 안에는 아무도 없었다. 비상구 통로의 플라스틱 의자들도 얌전하게 비어 있는 채로였다. 그녀는 도로 나와 버스가 보이는 플라자 정문 난관에 걸터앉았다. 오전에 한차례 쏟아진 소나기로 공기가 푸르도록 투명해졌다. 여자들의 노출된 하얀 어깨와 팔에서 바람도 한껏 경쾌하게 미끄러졌다.

시간은 열두 시 삼십오 분. 사십 분이 되어도 나타나지 않으면 그때는 일어나리라. 째깍째깍 초침 돌아가는 소리가 머리를 울리기 시작했다. 어서 나타나 주기를, 어디에서 툭 튀어나와 풍요롭게 빛나는 모습으로 뚜벅뚜벅 걸어 들어와 주기를.

사십오 분이 지났는데도 자리에서 일어나지 못한다. 그녀는 다시 한 번 주변을 훑어본다. 어디에서라도 그의 모습이 불쑥 튀어 나올 것 같다. 그러나 그녀는 플라자 건물의 입구 한가운데 앉아 있었고 소낙비로 외부 진열대가 거두어진 광장은 사방으로 열려 있었다.

마침내 그녀는 자리에서 일어났다. 그녀의 자제력이 힘을 발휘했다기보다는 두 사람의 몸을 가려줄 그 무엇도 존재하지 않는다는 뼈아픈 각성이 그녀를 떠밀었다.

정문을 지나 광장의 계단 몇 개를 막 내려갈 때였다. 그가 건물의 좌측 계단을 돌아서 올라오고 있었다.

"언제 왔어?"

한 발을 앞으로 내밀다가 멈춰버린 그의 다리 옆으로 팔이 늘어져 있다. 자연스럽게 이완되어 지면을 향해 흘러내리고 있는 그의 열 손가락이 가슴이 저리도록 우아하게 보였다.

"어디에 있었어?"

그녀는 대답대신 그에게 묻는다. 완전한 체념 끝에 다시 만난 반가움이 증류수의 삼투압처럼 스며들었다.

"지하 삼 층 관리실에 있었어."

아직도 다리가 엇갈린 채 서 있는 그의 몸에서 얼굴이 삼십 도 정도 옆으로 기울어졌다. 그 바람에 그의 눈빛이 슬퍼 보인다.

"여기 그런데도 있어?"

대답도 없이 그가 돌아서 나왔던 곳으로 걸어 들어갔다. 건물의 측면으로 통하는 샛길은 비스듬한 경사가 있어 주변에 비해 상대적으로 낮은 편이었다. 더구나 광장과의 사이에는 대리석으로 쌓아올린 화단까지 있었다. 그러나 키 작은 회양목이 드문드문 심겨져 있을 뿐으로 몸을 가리기에는 역부족이었다. 그녀는 화단가에 기대어서 벽을 마주보고 섰다. 그는 그녀와 약간 거리를 둔 채 큰길이 바라보이는 안쪽에 비스듬히 섰다. 일부러

버스 드라이버

221

고개를 돌려 마주보지 않으면 서로 딴 곳을 향하는 각도였다. 이 구도로만 본다면 다른 사람들의 눈에는 영락없이 타인들의 모습이었다.

"얼굴이 좋아 보이네."

그녀는 스스로 소외감을 끌어안고 비틀듯이 말했다. 며칠간의 그를 보지 못한 괴로움이 다시 살아나왔다. 그러나 거짓은 아니었다. 그의 얼굴은 금방 찬물에 씻고 나온 듯이 투명하고 깨끗하게 보였다.

"좋긴 뭐가 좋아? 며칠 내내 밤마다 술독에 빠져 뒹굴었는데."

그는 손으로 얼굴을 문지르며 반문했다. 그 바람에 이마와 미간에 깊은 주름이 새겨졌다. 그러나 그녀는 뜨악함을 풀지 않고 물었다.

"왜?"

그는 잠자코 그녀를 바라보았다.

"왜 그렇게 술을 마셨어?"

그녀는 또 다그친다.

혹시 자기 때문인지 모른다고 짐작을 하면서도, 그 짐작을 수용하기는 어려웠다. 과연 내가 그런 존재이기나 할까, 며칠 동안 이어지고 있던 그의 침묵이 아프게 되살아났다. 이 남자한테 결국 나는 아무것도 아니었다. 단지 차에서 지겹게 이어지는 지루함으로 몇 번의 눈길을 보냈을 뿐이었다. 그리고 지루하게 이어지는 시간을 날리기 위해 몇 번 웃었을 뿐이었다.

그 순간 그의 큰 눈이 더 커지면서 노려보았다.

"사람이 왜 그래? 서로가 다 아는 일을 가지고……."

그녀는 무릎을 꺾고 주저앉고 싶어진다. 속에서 엉긴 서러움이 북받쳐 올라왔다.

그랬다. 다 알고 있는 사실이었다. 다만 그 사실을 인정하기에 주저하게 만드는 불신과 비하의 감정이 끊임없이 자신을 괴롭히는 것이었다.

아름다움의 상징 나르시스는 자신의 온전함으로 인해 그 누구에게도 관심을 보일 필요가 없었다. 누구의 응답도, 어떤 확인도 그에게는 필요치 않았다. 오로지 자신에게 심취되고 충족된 그의 가슴은 타자 者를 알 필요가 없었던 것이다. 완벽한 무관심, 초연함에 이끌리면서도 그녀의 가슴은 요동치기를 멈추지 않았다. 도넛처럼 육신의 한 중간이 뻥 뚫린 결핍감은 늘 확인받고 주목받고 싶어 갖은 안달을 다 떠는 것이었다.

그때 예닐곱 살쯤의 사내애가 광장 저편에서 이쪽 화단을 가

로지르며 다가왔다. 마른 체형의 아이는 활달해보였지만 그 활
달성이 오히려 건사받지 못한 메마른 느낌을 주었다. 아이는 손
을 함부로 흔들어서 회양목의 푸른 이파리들을 떨어뜨렸다. 놀
만한 거리를 찾아 눈을 반짝이고 있는 아이를 그가 친근하게 불
러 세웠다.

"아빠는 어디 가셨니?"

"일 하러요."

복잡한 상가들 틈에서 이물감 없이 놀고 있던 아이는 쉽게 다
가왔다.

"너희 아빠도 새끼들 먹여 살리느라고 고생이 많구나."

그는 아이의 키에 맞춰 쭈그리고 앉으며 머리를 쓰다듬었다.

"너 심심할 텐데 아저씨 차 타고 한 바퀴 돌아올래?"

"정말요?"

아이의 눈이 빛났다.

"지금 가요?"

새로운 거리를 찾아낸 아이의 얼굴이 생동한다.

"조금 있다가 갈 거야. 그런데 그동안에 엄마가 찾으면 어떡
하니?"

"우리 엄마 없어요. 우리 동생은요, 할머니 집에 가고 우리집

에는 지금 아무도 없어요."

아이는 즐거운 듯 음성을 높였다. 천진한 말 속에 경상도의 억양이 군데군데 끼어 있었다.

"아는 사람의 아이?"

봉애가 턱으로 물었다.

"아니."

그는 옆에 쪼그리고 앉은 아이의 가느다란 목을 한 손으로 싸안고는 자신의 옆구리에 바싹 끌어당겼다. 나머지 한 손으로 아이의 작은 턱을 쓰다듬었다. 간지럼을 타는 듯 아이는 온몸을 꼬면서도 입이 함박만 하게 벌어졌다. 그걸 바라보는 그녀의 눈이 빨갛게 달아오른다.

"나도 그렇게 해줘."

그녀가 불쑥 말했다. 그가 순간 번떡거리는 눈으로 그녀를 일별하더니 금방 아이한테로 돌아갔다.

칵칵칵, 아이가 숨넘어가는 소리를 냈다. 다물어질 줄 모르는 입가에 투명한 침이 흘러내렸다.

"나도 그렇게 해줘."

그녀는 신음하듯이 중얼거렸다. 몽롱한 숨 가쁨이 솜사탕처럼 배어 나왔다. 아이가 웃음을 터뜨렸다.

"저 아줌마 바본가 봐. 자기가 애기처럼 그래."

"맞아, 너 참 똑똑하다. 저 아줌마는 바보야."

그는 여전히 아이의 목을 끌어안고 있었다.

"나, 애기야."

그녀는 화단 턱에 기대어서 중얼거렸다. 눈앞에 있는 아이처럼 자기도 그에게 스스럼없이 다가가고 싶다.

"어른이 어째 자기보고 애기라고 그럴까?"

아이는 웃으면서 고개를 갸웃거렸다.

"나 일곱 살밖에 안 돼. 네 눈에는 그렇게 안 보여?"

그녀가 맥없이 말했다.

"거짓말!"

아이는 대꾸할 가치도 없다는 듯이 다른 놀이를 찾아 주변을 두리번거리다가 벽을 향해 손을 내밀었다. 회색 콘크리트 담장 위에 가느다란 꽃대 하나가 자라고 있었다. 벽과 벽 사이의 길게 이어진 좁은 틈에 흙이 쌓이고 거기에서 때 아니게 피어난 코스모스 한 송이였다. 아이는 분홍 꽃을 향해 손을 내밀었다. 그러나 아이 키에는 어림없는 곳이었다.

"아저씨, 나 좀 안아줘요."

스스럼없이 굴던 아이는 망설임 없이 그에게 보챘다.

"안 돼. 꽃 꺾으면 경찰한테 잡혀 가."

"경찰이 어디 있어요?"

아이의 눈이 반들거리며 웃었다. 상가 주변 환경에 단련된 아이는 그런 엄포쯤엔 눈도 깜박하지 않았다.

"나쁜 짓 하면 경찰이 달려온단 말이야."

그는 같은 말을 반복했다.

"에이, 거짓말."

손가락을 입에 문 아이는 잠시 생각하는 듯하다가 금방 그 표정을 지웠다. 아이의 눈이 다시 반들거리기 시작했다.

"저 아저씨 겁쟁이라서 그래."

봉애가 그 사이에 끼어들었다.

"저 아저씨 엄청 겁쟁이야. 겁이 나서 아무것도 못해."

그녀의 얼굴은 웃고 있었지만 가늘게 옆으로 늘어난 눈은 슬프고도 잔인하게 번쩍거렸다. 마누라가 겁나고, 사람들 눈이 겁나고, 윤리가 겁이 나서 한 발짝도 떼지 못하는 겁쟁이야. 그녀의 눈이 더욱 가늘게 찢어진다. 그리고 빈정대고 싶어진다. 서로가 다 아는 일로 괴로워할 것이면 왜 혼자서 술을 마셔? 비겁하게 언제나 등을 보이며 돌아서는 인간. 내가 얼마나 간절하게 문 열어 놓고 자기를 기다리는데.

"아니에요, 아줌마가 바보에요."

아이는 그에게 기대고 서서 편을 든다. 아직도 쭈그리고 앉은 채로의 그의 가슴은 가느다란 아이에게 튼튼한 버팀목이 되었다. 대퇴에서 무릎까지 엇비스듬하게 올라온 그의 허벅지는 얇은 여름 바지 안에서 터질 듯이 팽팽하다.

"그래, 네가 사람 하나는 잘 본다. 저 아줌마는 바보야."

그가 빙글거렸다.

"아저씨, 차 앞에 가서 놀고 있을게요."

심심해진 아이는 화단을 가로질러 광장 위로 뛰어올라갔다.

"나도 저만한 아이라면 얼마나 좋을까. 그러면 남의 눈을 의식하지 않아도 될 테고, 자기도 저 아이한테처럼 예뻐해 줄 수도 있을 것이고……."

그러나 아이가 사라진 공간은 이 작은 투정마저 용납하지 않는다. 다음에 출발해야 할 버스 역시 몇 분 남지 않았다.

"나, 갈게."

그녀가 기대고 있던 화단가에서 일어났다. 그리고 버스와는 반대편 길로 들어섰다.

"이것 타고 들어가."

몇 발짝 떼던 그가 버스를 가리키면서 말했다. 그녀에게 해줄 수 있는 유일한 친절인 것처럼.

　이제 부산으로 갑니다

　마지막 손님을 내려놓고 호기롭게 말했을 때, 순순히 따라나
서야 했다. 그때는 아무 말도, 아무 행동도 덧붙일 필요가 없었
다. 빠르게 핸들을 돌리고 있는 그의 어깨에는 힘이 넘쳤고 얼
굴은 소년 같은 모험심으로 싱싱해져 있었다. 더군다나 부산으
로 간다는 그의 표현조차 다정하기 그지없는 은유로써, 우리 가
장 편안하고 원초적인 고향으로 갈래요? 라는 것이었다.

　사랑을 누리고 싶으면 사랑의 눈빛이 날아오는 순간 그냥 그
순간에 잠겨 있어야 했다. 어떤 확인도 절차도 필요로 하지 말
아야 한다. 가슴을 흔들고 요동치면서 한 개체의 눈빛이 우주처
럼 커지는 순간, 그것만이 사랑의 징표이자 약속이다. 그것만으
로도 이미 우주를 몇 바퀴 돌고도 남을 장대한 사랑의 양과 질
을 이미 누린 것이다.
　그러나 욕망은 영원히 붙잡아 두고자 한다. 자신의 팔 넓이조

차 되지 못해서 두 팔을 접어야만 겨우 들어갈 수 있는 품 안에, 그리고 겨우 손 하나 들어가는 호주머니 안에, 그 광대한 사랑을 붙잡아 옴쭉달쭉 못하게 고정시키려 한다.

눈이 동공을 열어 상대의 눈을 어루만지고, 가슴과 가슴이 열리는 순간을 제외한 나머지는 결국 사랑밖의 일이다. 여기에는 현실적 이해득실과 개별적인 성향과 취향이 서로를 탐색할 뿐이다. 소유와 안락함을 추구하는 현실적인 실리 위에 달콤한 당의정만이 사랑이라는 이름으로 온통 칠갑되어 있다.

사랑에는 책임마저 존재하지 않는다. 그것은 빛과 같이 빠르고 아기의 웃음같이 투명해서 어떤 것을 요구하거나 챙길 새도 없이 사라진다. 이쪽 세계에서 보이지 않는 저쪽 세계로 단순간에 넘어갈 수 있는 것은 오로지 그것뿐이다.

사랑에 무지한 자, 그 어떤 가치라도 눈에 보이고 손으로 확인되는 것이 아니면 언제 어디서고 단호히 부정하고 나서는 인간들, 지극히 편의적이고 수동적인 인간들만이 사랑의 책임을 강조한다.

안락한 침상이 없으면 하룻밤도 잠들지 못하는 자, 허리 높이만큼의 쾌적한 식탁 위에 따뜻하고 부드러운 빵이 없으면 한 끼의 식사도 해내지 못하는 자, 언제 어디를 가나 작은 몸뚱이 하나를 위해 그 몇십 배가 넘는 짐 보따리를 치렁치렁 달고 다니지 않으면 안심이 되지 않는 자, 그런 인간들이 만들어낸 스스로의 감옥이었다.

대지의 자유와 빛나는 별빛이 그걸 바라보는 눈에게 책임을 강요했던 적이 있었던가? 흘러가는 강물이 자신의 몸에 담가진 손바닥에게, 그리고 따스한 모래밭이 그 위에서 뒹구는 살결에게 이제부터 날 책임지라고 다그친 적이 단 한 번이라도 있었단 말인가.

그녀는 여전히 버스가 있는 길로 나간다

시간마다 그의 차가 아파트 앞으로 왔고 벽에 걸린 시계가 시시각각 그의 노선을 알려주었다.

오랜만에 나온 그녀를 그는 묵묵히 바라보기만 했다.

삐졌어? 에이. 삐졌구나. 그는 더 이상 이렇게 말하지 않는다.

그녀는 그를 쳐다보지 않는 것으로 자신과의 약속을 지키려고 애를 쓴다. 그러나 백미러에 비친 그의 얼굴은 우울하고 심하게 상해 있었다. 핸들을 잡은 그의 얼굴은 자주 아래로 떨어져 내렸고 전방을 주시하고 있을 때에도 두 눈은 어쩌지 못해 앞을 향하고 있을 뿐이었다.

그녀는 옆 차창으로 눈을 돌렸다. 차를 타더라도 그의 눈만은 보지 않으리라는 약속을 어긴 것에 대한 당연한 대가였다. 그녀는 눈만 들면 사각형 미러에 담긴 그의 얼굴을 볼 수 있었다. 비통하게 가라앉은 그의 얼굴을 가슴에 안아 들일 수만 있다면……, 콘크리트 장벽에 가로막힌 것처럼 옴짝달싹할 수 없는 그녀의 세포들은 쓰르라미 소리를 내며 쓰러졌다.

사람들이 다 내리기를 기다려 마지막으로 계단을 내려오는 그녀의 등 뒤에 대고 그가 혼잣말처럼 말했다.

차를 팔려고 내놨어. 아마 조만간에 처리될 거야.

13

"멋들어진 자기 합리화에다 낭만까지 챙기려고?"

남편이 냉혹한 눈빛을 번쩍이며 웃었다.

"그렇게 말하지 말아요. 제발. 그동안 충분히 고통을 당했으니까요."

그녀는 오히려 어떤 위엄 같을 걸 드러내며 말했다.

"고통?"

남편이 신음하듯 내뱉었다.

"잘 했다는 것이 아니에요. 다만 나도, 도저히 알 수 없는 상태에 빠졌다는 것을 말하고 있는 것이에요."

"그럼 그 인간이 돌아오기만 한다면 넌 언제든지 다시 시작하겠다는 말이네."

앞뒤 정황으로 그가 돌아올 여지란 없어 보였지만 이 여자는 아직도 거기에서 벗어나질 못했다. 기본적인 자존심은 물론 싸구려 정신으로 자기를 내동댕이쳐놓고도 정신을 차리지 못하는 여자. 여태껏 한 번도 '너'라고 지칭한 적이 없었던 아내를 '너'라고 싸잡아 불러도 알아채지 못한다.

"이미 끝난 일인걸."

그녀는 금방 또 제풀에 실망하여 힘없이 대답했다. 세상이 끝난 듯 무너진 여자를 보자 그는 속이 또 뒤집혔다. 끝까지 가 볼 용기도 없는 주제에 가여운 여자를 희롱하다니, 미꾸라지 같이 빠진 인간을 쫓아가 멸망시키고 싶은 울분에 몸이 타는 것 같았다.

그때 그녀가 계면쩍은 듯이 주저하며 물었다.

"당신도 결핍된 것에 대한 욕구가 있을 거 아니에요? 언제나 내가 당신의 유일한 최선인 것처럼 말하지만 그거야말로 자기 합리화에 지나지 않잖아요?"

"어디다가 그 싸구려 천박한 정신을 덮어씌우는 거야? 결핍이 있으면 다 그렇게 되는 줄 알아? 인간이라는 게 도대체 뭐야?"

나름 몸을 지탱하고 있던 뼈들이 몸속에서 마구잡이로 뒤섞이는 것 같다.

"고귀함을 아무리 지키려 해도 본능적인 욕망은 때가 되면 터져 나오는 거잖아요? 깊은 땅속에 조용히 있다가 약간의 지각 변동만 일어나면 튀어나오는 활화산 같은 거. 난 이걸 한 번은 직시해보고 싶었어요. 정체를 알고 싶었다고요."

"그래서 네가 알게 된 정체가 뭐야?"

그는 막무가내로 튀어 나가려는 팔을 다른 한 팔로 누르며 헛헛하게 웃었다.

"그러니까, 머리로 아는 것 말고 몸으로……."

그녀는 뭐라고 말을 꺼내기 위해 애를 쓰다가 다 맺지 못하고 어깨만 비틀어댔다.

"그게 바로 네가 알아야 할 정체야. 그게 바로 정체라구!"

붉은 맨살에 굵은 소금이 뿌려지는 것 같다.

거기까지가 네 한계고 우리의 한계라는 걸 여태 몰랐단 말이야. 상실감을 구태여 들춰내서 그나마의 생존마저 갉아 먹히고 싶다는 뜻이었어? 그러나 그는 더 이상 말하지 못한다.

"난 당신처럼 그렇게 넘어가지지 않는다고요. 그게 뭔지, 뭐길래 사람을 붙잡으면 놓아주질 않는 건지, 언제나 촉발만 시켜놓고 번번이 사라지고 마는지, 그 정체를 한 번은 샅샅이 알아보고 싶다고요."

그녀는 분한 건지, 억울한 건지 다시 흐느끼기 시작했다.

"제발 그 울음 좀 닥쳐!"

그가 소리를 버럭 질렀다.

욕망이란 원래 그런 거라는 걸, 앞에선 굉장한 무엇이 있는 것처럼 슬쩍 보이면서 뒤로는 감추어지는, 그 불완전함 때문에 욕망의 허상이 일어나기 마련이라는 것을 몰랐단 말인가. 이것이 과연 이 여자의 실체인가. 언젠가 그녀와 함께 존 키츠인가의 시를 읽기도 했다.

사랑에 빠진 연인이여.

당신은 결코 입 맞출 수 없으리라.

목표에 가까이 다가가기만 할 뿐.

자기 환상 속에서 만들어낸 허상을 잡으려 가까이 다가가 보지만 결국 자기 속에서 나온 것이므로 확인할 수도 채울 수도 없는 것이다. 그럼에도 불구하고 자신이 불완전하다는 그 영원한 심약함으로 미친 듯이 밖을 향해 돌진하게 되는 그 어리석은 속성.

그러고 보니, 어떤 중동 작가의 작품(살만 루슈디, 『한밤의 아이들』

참조) 한 부분이 떠올랐다.

젊은 남자 의사한테 환자라는 구실로 침대보 사이의 작은 구멍으로 한 여자의 몸을 요기조기 보여주는 이야기였다. 처음에는 발목을 보여주다가 뒤에는 허벅지를, 어깨를, 마침내 엉덩이 살을, 그것도 한 부위를 뭉뚱그려 보이는 것이 아니라 여기저기 조금씩 떼어내 보여주자 젊은 의사는 그만 미치고 만다. 그 여자가 어떤 인간이든, 그로 인해 앞으로 어떤 일이 벌어질 것이든 그는 전혀 개의치 않게 된다. 일단 전부를 획득하고 싶은 욕망 앞에서는 그 어떤 것도 하등의 문제가 되지 않는 것이다. 왜? 그 작은 틈새가 바로 욕망의 근원이자 원인이니까. 그런 점에서 욕망이란 채워질 내용이 따로 있는 것 아니라 결코 다가갈 수 없는 안타까움 그 자체가 바로 욕망인 것이다. 이걸 일러 무명無明이라고 하지 않던가.

그러므로 선수는 자기 전부를 호락호락 내놓지 않는다. 운전기산지, 드라이버인지 하는 그 인간은 그걸 직감적으로 체득하였고, 그의 아내는 거기에 완벽하게 놀아났던 것이다. 하긴 그의 탓만도 아니었다. 자기 스스로 내밀하게 키워 온 욕망이 그라는 인간과 어쩌다 한 자리에 배치되었을 뿐이었다. 기왕 그렇게 시작된 것이면 차라리 부산인지에 함께 갔다 올 용기라도 있었어야 했다. 그랬다면 이토록 기운이 빠지지는 않았을 것이다.

그는 눈을 감고 호흡을 가다듬었다. 그러나 그녀는 또 미적미적 말을 꺼냈다.

"나한테 필요한 건 꼭 한 번의 경험이에요. 더 이상은 바라지 않아요. 촉발된 감정과 행동이 따로 노는 것이 아니라, 한번은 함께 병립해보고 싶었다고요."

그는 덮쳐오는 피곤함을 더 이상 견딜 수가 없다. 앞에 앉은 여자를 인형처럼 들어서 창밖으로 던질 수만 있다면 휙, 던져버리고 그 자리에서 잠들고 싶었다. 그런데도 또 무슨 이야기를 주절주절 늘어놓기 시작했다.

"당신이 정말 나를 사랑한다면 이런 내 욕구에 귀 기울여 도와줄 수 있잖아요. 만일 당신한테 이런 상황이 일어난다면 난 어떤 경우라도 당신을 지지하고 도와줄 거예요."

어럽쇼, 주제에 남 생각까지 해주겠다고, 고맙기도 하여라. 어쨌든 그는 더 이상 이 상황을 견디고 싶지 않았다. 그런데도 일어나지 못하고 그냥 말대답을 거듭하고 있다니, 이게 장애인의 운명이라면 운명이다. 박차고 뛰어나가야 할 몸이 천근만근으로 땅바닥에 붙어 떨어지질 않는 것이다.

그런데도 그녀의 말은 끝나지 않았다.

"인간의 존재라는 것이 결국은 사랑을 위해, 생동하는 삶을 위해 주어진 거잖아요? 이 절실한 체험만이 몸의 존재 이유이지 않겠어요. 천사까지도 몸을 가진 인간을 부러워한다는데, 그러니 무조건 지켜야 할 보루도 금과옥조도 따로 있는 것이 아닐 터, 깨지면 깨어지는 대로 거기서 멸망하고 거기서 다시 일어서는 것, 그게 바로 낮과 밤이고, 탄생과 죽음이고, 부활이지 않겠어요?"

"그래서? 내가 그 인간을 네 앞에 데려다 주기라도 할까?"

"그러면 안 돼요? 왜 안 되죠?"

그녀가 열띠다 못해 맹해진 눈으로 그를 쳐다보았다.

"네까짓 것이 나를 어디까지 구렁텅이로 몰아넣어야 속이 풀리겠어?"

계속 움찔거리고 있던 주먹을 드디어 본능대로 내돌리고 말았다. 작은 탁자가 넘어지고 물컵과 재떨이가 떨어졌다. 엎질러진 물과 담뱃재와 젖은 책으로 엉망이 된 바닥을 보자 걷잡을 수 없는 분노가 일었다. 그가 세상에서 제일 싫어하는 것이 헝클리고 뒤죽박죽되어 통제할 수 없는 상황으로 떨어지는 것이었다. 그는 크리스털 재떨이를 들어 아내 면상을 겨누다 차마 그러지는 못하고 베란다 쪽으로 던져버렸다. 와장창, 요란한 소리와 함께 문짝의 유리들이 쏟아져 내렸다. 날카롭게 튀는 파편을 보자 더 심한 자괴감이 끓어올랐다. 네가 경험해보고 싶다고 했지? 경험만이 삶의 유일한 이유라고? 그렇담 내가 경험의 한 수를 가르쳐주지. 허황한 머릿속에서 만들어진 그 따위가 아니라 실제 이런 게 경험이라구! 그는 옆에 있던 컵과 책, 전화기까지 닥치는 대로 날려 보냈다. 여보, 이제 그만해요, 그만 해. 제발, 그녀가 비명을 지르며 남편을 붙잡았다. 그가 그녀를 뿌리치고, 그녀는 떨어지려고 하지 않는 통에 두 사람이 엉겨 바닥에 나뒹굴었다.

끝까지 가보고 싶다고? 부서지고 깨어지더라도 한 번은 경험해보고 싶다고? 반짝이는 유리 파편 속으로 빨간 핏방울이 어롱지는 것을 보며 그가 웃었다. 껄껄껄, 목젖을 보이며 더할 수 없이 호탕하게 웃고 싶었다. 그러나 목구멍에서 끄르륵거리는 가래 소리와 풀리는 태엽처럼 푸덕거리는 그녀의 오열만이 집 안을 가득 채웠다.

억압되고 배제된 욕망의 파기

차희정
| 문학평론가, 중국해양대학 한국학과 |

익숙함과 낯섦에 대한 인식

사람들은 대부분 익숙한 것을 좋아한다. 정확히 말하자면 불편해 하지 않는다. 사람, 장소, 먹는 것에 이르기까지 익숙함은 그 자체로 좋은 것(사람)의 표지標識가 되고 있다. 그리고 익숙한 것은 오래전부터 많은 이야기를 담아 구성되면서 지금 내 곁에 있게 되었다는 믿음을 생산하기도 한다. 그러나 익숙한 그것은 (사람이거나 물건이거나 가치이거나 의식이거나) 다양한 가능성이 배제되어 오히려 점점 홀쭉해진 결과는 아닐는지. 익숙한 모든 것은 일부만을 선택해 구성해 왔기 때문에 어떤 것에서는 의도적이고 조직적으로 눈길을 거두어 온 행위의 결과물일 수 있음을 생각해보자는 것이다.

선택되지(받지) 못하고 보이지(보여지지) 않았던 것은 낯선 것이 되고, 낯선 것은 익숙하지 않기 때문에 나쁜 것이 되거나 옳지 않은 것이 되어 누락되거나 방기되어 버리기 일쑤다. 그 수많은 낯섦에는 나와 다른 타자에 대한 의식적 무지와 그들을 경계 밖으로 두고 보려는 의심의 눈길이 엄존한다. 그 서늘한 눈길 속에 김미선의 『버스 드라이버』가 움터 앉아 익숙한 것을 예민하게 응시하고 있다.

이미 몸은 여러 가지 의미와 관계망 속에 놓이고 그것에 엮여가며 문화, 역사적인 기억의 흔적을 담아내며 구성되어 왔다. 지식과 권력이 중심이 된 근대 이후에는 국가와 이념의 '횡포'를 온전히 받아낼 수 있어야 했으며 그것이 가능하도록 규격화, 표준화되기도 했다.(제국의 시대, 강철 같은 군인의 몸을 생각해 보라) 몸은 도대체 분리할 수 없는 경험과 의식을 체현해왔던 것이다. 그 과정에서 자연스럽게 정신병자, 장애인, 이방인 등 표준화에서 일탈한 인간들, 표준화에 미치지 못하는 개체는 '부드럽게', '철저하게' 격리되고 배제되었다. 이는 의심조차 의심되는 정당한 일이었다.

그중 여성, 특히 장애 여성의 몸은 당연한 차별과 소외를 마땅하게 받아들이며 저항과 전복의 장소로서 자신의 몸을 키워낼 수조차 없었다. 그 생명의 세상 고함 이후 발동된 타자의 두려움과 죄의식은 정작 장애를 가진 당사자에게 자아 인식의 기회를 허락하지 않으면서 왜곡된 경험과 의식을 키워 놓고 말았다.

김미선의 『버스 드라이버』는 소리조차 빼앗긴 몸의 한 구석, 뾰족하고 위태로운 낭떠러지에 선 장애 여성 '봉애' 씨의 금지된 욕망 파기의 서사이다. 그것은 발칙하고 두려움 없어서 다소 당황스럽고 낯설며 유쾌하다. 장애 여성의 내밀한 몸의 역사가 이제 정면으로 세상을 향해 서서 목소리를 내기 시작했기 때문이다.

여성 아닌 딸과 여자 아닌 아내

여기 한 여자가 있다. 낯빛이 하얗고 거기에 어울리는 흰색 블라우스를 사뿐히 앉혀 입어 살랑대는 봄빛을 가졌다. 봉애라는 좀 촌스럽지만 순진함과 진실함을 성큼 껴안는 이름은 그녀의 옷차림처럼 감추어 둔 설렘이 정돈된 느낌이다. 그녀는 호흡과 풍욕을 통해 깨어난 몸의 소리를 듣고 이제쯤 바깥출입을 시작하여 '살아 있는' 경험의 한 걸음을 떼고 있다. 쇼핑센터 셔틀버스 타기는 그 '위대한 도전'의 첫 걸음이다. 그녀의 버스타기가 살아 있는 경험의 시작이며 위대한 도전이라는 구구한 명제를 껴입고 나서야 하는 까닭은 그녀의 몸에 새겨진 역사에 기인한다.

단단한 치맛단을 뜯어 젖가슴을 동여매도록 시켰다. 그러나 여며진 치마단 속에서도 몸은 끈질기게 부풀어 올랐고 급기야 초경의 붉은 피를 쏟기 시작했다. 하얗게 질린 그녀의 어머니에게 후회와 두려움이 몰려왔다. 아직 세상을 모를 때, 여자라는 것이 무엇인지, 욕망과 본능이 얼마나 끈질긴 고통인지를 아직 모를 때에 그녀의 어머니는 차라리 딸을 세상 너머로 보내고 싶어 했다.

봉애는 소아마비 장애 여성이다. 그녀의 어머니는 업이라 생각하며 지극한 이성적 사고로 봉애의 현재와 미래를 송두리째 자신의 과제로 삼았다. 그러나 어머니의 빈틈없는 계획 아래 진행된 봉애의 여성성 말살과 낯선 신체에의 경멸은 그녀가 자신의 몸에 대한 비난의 의식만을 켜켜이 쌓아 올리게 했다. 봉애가 자신을 지속적으로 재구성하는 과정은 삶을 비판적으로 반성해 보는 구체적인 경험이 박탈된, 그리하여 장애의 몸에 새겨진 의미만을 극대화시켜가는 것일 뿐이었다.

봉애는 생리를 하고 임신을 하고 아이를 낳는, 이성이나 정신으로 통제할 수 없는 여성으로서의 생물학적 특성을 멸시받았다. 어머니를 비롯한 타자들은 자명한 봉애의 여성성 자체를 위험하고 부끄러운 것으로 간주하며 '신체 죽임'의 시도에 순응하도록 강요했다. 그러나 봉애는 "방긋 웃으며 어머니 손목의 힘을 풀어놓"고 "은빛 갈고리 같은 영롱한 눈빛을 어머니 눈 안에 걸어"놓으며 어머니의 모진 결심을 잃게 했다. 책을 읽으면서 더 이상 간섭받지 않는 상상의 세계를 누리고 동네 아이들과 어울려 뛰어 놀면서 어머니 계획의 결루를 모의했다.

장애를 가진 육체의 비애는 소통의 문제를 만났을 때에 증폭된다.

봉애는 버스에 올라 자리를 잡기 전에 출발하거나 급정거로 인해 나뒹굴었던 자신에게 쏟아진 동정의 시선 속에서 어린시절 같은 마을에 살던 백치 재득이를 떠올린다. 그는 긴 머리를 허리까지 늘어트린 사내로 "머리 잘라라" 놀림을 받을 때마다 펄쩍 뛰어오르며 울부짖는다. 아이들은 그런 재득이가 재미있어서 놀려대기를 멈추지 않는다. 봉애는 재득이를 놀려대는 한 무리의 아이들 속에 섞여있었으면서도 재득이의 뒤쫓음에서 제외되었다. 놀리면 안 된다는 그녀의 마음을 재득이가 알아준 것인지, 목발을 짚고 다니는 '병신' 따위는 용서해 줄 수 있다는 그의 아량 덕분인지 알 수 없다. 그러나 무리 속에서 혼자만 제외되었던 일은 버스 안에서 나뒹굴어진 그녀를 보는 동정의 눈길과 똑같은 '폭력'이었다. 나와 너를 구분 짓고 나보다 못난 너를 인정하고 받아들이라는 분명한 강요이며 확인이었던 것이다.

"서로 말이 통하면 그걸로 된 거지, 뭘 더 바라겠어요."

그녀의 대답은 단호했다. 그건 끊임없이 이 세상을 의심하고 있는 자신으로부터의 일차적인 도피였다. 언어가 통하고 싶은 욕구. 서로 통하는 데에 이르고 싶은 강한 열망. 그것은 바로 일방통행적인 폭력에 대한 말할 수 없는 두려움과 공포 때문이었다.

"아무래도 제정신이 아니구나. 세상을 너 혼자서 사는 거냐?"

고집스레 버티는 딸 앞에서 어머니가 부르짖었다.

봉애의 결혼은 어머니에게 부정됐다. "미쳤구나. 네 한 몸도 꾸려나가기 어려운 판에 또 그런 사람을 만나 무슨 수로 살아가겠다는 거냐?"며 경악하는 어머니의 태도는 "서로 통하는 데에 이르고 싶은 강한 열망"과 함께 "일방통행적인 폭력에 대한 말할 수 없는 두려움과 공포"를 느끼는 봉애를 몰이해한 때문이다. 또, 성치 않은 딸 봉애에 대한 일방적이고 폭력적인 걱정이다. 무성無性적 존재인 딸 봉애의 미래가 암흑과 두려움으로 점철될 것이란 확신으로 한스러운 어머니의 분요紛擾이다. 불통의 현실은 너무나 낱낱하고 선명하다.

봉애는 남편과의 소통을 기대했다. 공동의 공간을 구축하며 남편에 의해 가까스로 묶여진 부부의 세계는 소통이 가능한 것도 같았다. 그러나 남편과의 결혼 생활 역시 그녀의 독립성이 사라진 진공관과도 같은 현실일 뿐이었다. 남편은 아내 봉애와 일치된 속에서 세상의 모든 것을 존재시켰다. 그는 "손가락 열 개, 발가락 열 개를 포개듯이" 자신과 봉애가 존재하고 그것이 세상이라고 믿는다. 그는 이미 경험한 것이 아니거나 집과 가족을 벗어난 일이라면 작은 일에도 두려움을 느끼고 아내에게까지 가족과 부부란 울타리 밖으로 발을 뻗지 못하게 하고 있다. 자발적 회피와 단절이다. 남편은 자신을 어쩔 수 없는 특이한 존재로 인정하고 있다. 그래서 세상으로부터 '특별한' 존재로 정의되고 분리되는 것을 인정하는 것이야말로 지극히 현실적인 사고이며 자세라고 확신하고 있다.

봉애는 클래식 음악을 듣고 레코드와 화집 모으기를 좋아하는 "정신적인 귀족" 남편의 견고한 현실 인식의 자세를 존중하면서도 그것에 체증을 느낀다. 머리와 가슴을 압박하는 묵직함의 그것은 봉애를 "구겨지고 결핍된" 상태의 정점에 올려놓고 있다. 봉애의 여성성을 부정했던 어머니의 양육이 그것을 뿌리채 흔들고 결행한 결혼에서까지 간섭되며 반복되고 있는 것이다. 남편은 신체의 결손을 '겸허하게' 인정하고 '성실하게' 생활과 사고의 울타리를 촘촘히 엮었다. 그러나 봉애는 남편과 그의 울타리 곁에서 자신에게 생긴 욕망의 문제와 그 해결 방법을 찾고 싶어 울부짖는다.

'나(我/identity)'를 위한 혈투, 욕망에의 집중과 실현에 대한 강박

봉애는 쇼핑센터 셔틀버스 1호차 기사인 '그'를 눈에 담았다. 그 역시 냉정하고 단호한 경계의 몸짓 속에서도 눈만큼은 그녀

를 향해 열어 놓았다. 봉애와 그 각자에게 꽂히는 동정과 비난, 관심과 무관심의 혹독하고 서늘한 시선들 속에서 짧은 순간 룸미러를 통해 나눈 뜨거운 열정의 눈빛은 충분한 교감을 낳았다. 특별히 봉애의 몸이 느끼는 충만한 감각들은 그의 눈길 속에서 예민하게 반응해 왔고 각별하면서도 갈급한 만족감을 던져주었다. 봉애의 몸이 정죄 의식에 죽어갔던 그동안의 시간으로부터 해방되고 새 꿈을 꾸기 시작한 것이다.

언제나 슬픔만을 가져다주던 몸이었다. 어머니의 등에 업혀서 가장 먼저 배운 것이 슬픔이었다. 흐느낌으로 떨리고 있는 깊고 깊은 슬픔. 그건 언제나 어머니의 등을 통해 가슴으로 전해졌다. 세상은 결국 크나큰 비애의 덩어리로 뭉쳐져 있다 라는 것을, 그것의 가장 깊은 원인이 바로 자기 몸에 있다는 것을 그녀는 첫돌을 넘기자마자 배우기 시작한 것이다. 혼자서 걷지 못하는 몸. 혼자서는 결코 바로 설 수 없는 몸.
그 몸이 이제 그녀를 안아서 위로하고 있었다.

봉애의 몸이 깨어남과 동시에 등장한 그는 남편과 함께 보내는 죽은 듯한 시간을 깨우는 설렘이었다. 질식하는 시공간을 터트러낼 수 있는 기회였다. 남편의 공간은 온전히 그가 만들어 놓은 계획과 동선 안에만 존재하고 시간은 서로의 장애를 과잉 되게 인식한 속에서만 흐르고 멈추었다. 남편에게 그것을 이탈한 공간과 시간의 경험은 두렵기에 피하고 싶은 것이고 마지못한 살얼음판 걸음이었다. 봉애 어머니의 양육 태도와 계획이 환기되는 까닭이다. 그러나 봉애는 이제 새로운 목소리에 귀를 기울이기 시작했다. 그리고 새로운 욕망의 움직임을 좇고 있다.

   그녀는 다시 자신의 다리를 부드럽게 쓰다듬어 주었다. 입속의 중얼거림은 여전히 계속되었다. 잘못했어. 잘못했어. 이제는 그만 깨어나. 깨어나서 같이 걸어 나가. 이 밝은 햇빛 속을, 이 싱싱한 대기 속을 손잡고 같이 걸어 나가자구.
   누가 누구에게 하는 말인지 알 수 없었다. 그러나 죽은 것처럼 방치되고 있었던 지난 세월에 대해서 용서를 구하고 싶었다. 그리고 무엇인지 알 수는 없지만 육신의 한 부분으로 하여금 이토록 좌절하게 만들었던 일에 대해서 용서를 빌고 싶었다. …중략… 그녀는 몸을 엎드려 자신에게 절하기 시작했다. 그건 용서와 자비를 구하는 간절한 몸짓이었다. 그리고 참회였던 것이다.

김미선 장편소설

봉애가 몸의 깨어남을 경험했던 것은 그대로 그녀의 심리에 영향을 미치고 그것은 다시 몸의 경험을 추동했다. 이러한 순환은 몸에 의미를 부여하고 변화된 몸이 자기 존재를 드러내도록 했다. 봉애는 풍욕과 호흡을 통해 비로소 깨어나는 몸을 느끼고 세계에 대한 앎의 기대와 욕망을 뿜어내는 변화된 몸에 집중하고 있다. 그녀는 운동을 하면서 지금까지 알지 못했던, 외면하고 버려두었던 자신의 몸 저 심연에서 움터오는 생기의 움직임을 감지할 수 있게 됐다. 그리고 그, "기름 먹은 동물 같은" 셔틀버스를 매끄럽게 움직이는 그 남자는 봉애의 몸에 돋아난 생기의 싹을 강력하게 촉발시키고 있다.

봉애는 이미 죽음에 처했던 자신의 몸이 소생하는 것을 깨닫고 그 의미를 몸에 새기고자 했다. 이제 그녀는 살아난 몸으로 펄떡이는 그의 건강한 몸을 경험하는 것을 통해서 완전한 자신을 만나고 싶었다. 그리하여 깊은 밤, 도둑질하듯 어머니의 몸을 탐했던 아버지의 욕정으로 태어난 자신과 온전한 신체를 갖지 못한 자신 때문에 빚어진 죄의식의 연대감으로부터 벗어나고 싶었다. 봉애의 욕망은 분명한 것이기에 더욱 뜨겁고 급했다.

안아 줘, 어떤 말이나 의미도 붙이지 말고, 그 여자를 받아주었던 것처럼 그냥 그렇게 안아 줘. 봉애는 마음속으로 빌었다.

　내 생애의 한 터널을 지나갈 수 있도록 도와줘. 제발, 나를 당신의 몸속으로 통과시켜 줘. 아무 미련, 어떤 터럭도 남기지 않고 그냥 나의 길로 걸어갈 거야. 타박타박. …중략… 이제 그녀는 더 이상 참고 싶지 않았다. 하다못해 비명이라도 지르고 손톱으로 후벼 파기라야 해야 했다.

　"안아 줘. 안아주지 않으면 안 내릴 거야."

셔틀버스 기사인 그는 봉애에게 부산에 함께 가기를 제안했다. 바람 쐬러 가자는 그의 데이트 신청에 봉애는 순간 놀랍고 떨려서 '나를 책임질거냐' 묻는다. 그 물음은 그녀에게조차 낯선 것이었다. 봉애가 만나왔던 몇 명의 남자들은 연민과 곤혹스러움을 내포한 연애를 시작하고 유지했다. 남녀의 만남이었지만 그녀의 여성성은 그들의 눈과 마음에서 이미 휘발되었거나 애초부터 없는 것이었다. 때문에 연애는 '평화롭고' 안정되었다. 그녀는 여성이 아닌 동정받아 마땅한 한 인간일 뿐이었으니까. 봉애를 향해 보여준 그들의 연애 감정은 휴머니즘의 실천이었으니까.

　이제 시작된 봉애의 연애는 이전과 다르다. 그녀는 버스 드라이버, 그의 데이트 신청에 여성을 대하는 분명한 느낌을 읽어낼 수 있었다. 그동안 룸미러를 통해 나눴던 침묵의 밀담과 막차 마지막 손님으로서의 특혜 속에 간간이 허락된 짧은 대화가 확신을 주었던 때문이다. '나를 책임질거냐'는 봉애의 대답은 그가 자신을 여성으로 바라보고 다가왔다는 확신을 확인하고 싶었던 들뜬 마음을 그대로 보여준다.

잃어버린 그녀의 지갑을 찾아 주고 밥 한번 사라며 시작된 그의 몸짓은 일주일이 지난 어느 날에는 "봉애 씨"라고 이름을 불러주었고, 또 그 며칠 뒤에는 "이제 부산으로 갑니다"며 호기롭게 유혹하는 데에까지 깊어졌다. 봉애의 마음도 덩달아 깊어졌다. 그리고 둘은 셔틀버스의 좁은 공간과 정해진 시간의 틈새 안에서 설레고 깊은 대화를 이어가며 뜨거웠다. 그러나 봉애와 그의 욕망은 서로 엇갈리며 끓는점을 달리하다 결국 한쪽은 소멸되었다. 남편의 눈을 피해 그를 좇는 빠르고 불편한 그녀의 발은 이미 마음만큼 갈급하지만 그는 딸아이 물통을 핥으며 되짚은 가장으로서의 책임과 남편으로서의 윤리의식에 각성된 모습이다.

봉애는 조급하다. 같은 길을 반복 운행하는 셔틀버스의 낯익은 승객들이 보내는 의심의 눈길이 그를 도망치게 하고 있기 때문이다. 그녀가 의심의 눈길을 피해서 황급히 버스에서 내린 후에 되짚어 나간 골목을 이미 돌아서 나가버리는 그의 버스는 둘사이의 끝을 말하는 것 같다. 그러나 그녀의 사랑은 매일 커져가서 벅찼다. 건강한 그의 육체는 그녀가 자신의 몸을 깊이 알아가며 깨닫는 진정한 사랑의 실현을 욕망하도록 자극한다. 그녀는 오직 사랑이란 감정에 충실한 몸의 대답을 경험하고 싶었다. 그래서 그를 붙잡고 "안아달라" 절규하고 있다. '죄짓는 일'이라는 그의 거절은 오히려 "풍요롭고 아름답기까지 한 육체"를 세워서 "귀신처럼" 그녀를 잡아당길 뿐이다. 봉애는 "제발, 나를 당신의 몸속으로 통과시켜 줘. 아무 미련, 어떤 터럭도 남기지 않고 그냥 나의 길로 걸어갈 거야" 뜨겁게 갈망하고 있다. 그녀의 욕망은 어릴 적 신발찾기 놀이를 하다가 집으로 돌아가버린 친구의 등을 보는 두려움과 겹쳐지면서 정점에 달했다. 거부됨의 절망감이 두려운, 욕망의 혈투가 계속된 이유이다.

이룰 수 없는 것, 할 수 없는 일의 환영

"안 돼. 한 번 안고, 안기고 나면 그렇게 될 수가 없어. 전번의 여자도 같이 자고나서부터 무섭게 달라진 거야. 처음에는 그러지 않았어."

그의 결론은 아이가 덧셈 뺄셈 공식을 처음 깨쳤을 때처럼 언제나 선명하고 명료했다.

결국 그가 떠났다. 지난 그의 연애사는 이번에도 같은 거란 믿음으로 봉애를 밀어냈다. 그의 사랑은 아버지와 남편, 가족이라는 포승줄에 묶여 끝나버렸다. 한 번만 안아주기를, 그 이후 어떤 책임도 네게는 없을거란 봉애의 설득은 그에게서 함부로 일반화되었다. "전의 여자, 그 전의 여자도 그랬다"는 그의 즉각적이며 확신에 찬 대답은 욕망에 몰입한 그녀를 통곡하게 하고 있다. 이제 봉애는 낯선 일반 버스를 타고 실연의 눈물을 흘린다. 버스 기사가 룸미러로 그녀의 눈물 까닭을 짐작해보고 있다. 그러나 '특별한' 이의 눈물쯤 익숙한 몇 가지의 이유 중 하나이겠지 지나친다. 그녀 역시 버스 기사가 "상상할 수 없을"거라 생각한다. 다시 제자리. 간절하게 바랐던 그와의 정사, 자신 앞에 다가온 그를 두려움 없이 경험하려 했던 그녀의 집념은 공허로움이 되었다.

"고귀함을 아무리 지키려 해도 본능적인 욕망은 때가 되면 터져 나오는 거잖아요? 깊은 땅속에 조용히 있다가 약간의 지각변동만 일어나면 튀어나오는 활화산 같은 거. 난 이걸 한 번은 직시해보고 싶었어요. 정체를 알고 싶었다고요."

그와 함께 쇼핑센터 셔틀버스를 운전했던 2호차 기사는 윤리 선생이었다. 그는 학생들과 교감하지 못하고 단순히 가르치는 일을 책임 맡은 괴로움에 사직서를 내고 여행을 시작했다. 그는 인도를 여행하던 중 시골 산동네에서 한 여인을 만났고 도움을 주는 과정의 끝에 그녀와 몇 달 동거를 했다. 많은 나이 차이에 도 그것은 너무나 자연스럽게 일어난 일이었다. 추위를 피해 그의 침대로 들어온 그녀와 합일했던 일은 일거리를 찾아 외국에 나갔던 남편이 돌아오자 활짝 웃으며 돌아서는 그녀의 웃음만큼 이나 환하고 아름다웠다. 침묵하던 욕망의 발동을 편안하게 응대한 둘의 경험이 만든 조화로움이었다. 마치 자연처럼.

그는 여행에서 만끽한 자연스러움, 그러니까 무엇에도 매이지 않음의 자유를 얻기 위해서 언제든 떠날 수 있는 버스 기사 일을 하고 있다. 봉애는 그에게 돌아가신 어머니와 현명한 남편 이 절대 이해할 수 없는 자신의 욕망의 속살을 고백했다. 2호차 기사는 떠난 그를 붙잡을 수밖에 없는 봉애의 간절한 욕망을 이해할 수 있을 것이다. 그들은 자연스러운 '흐름' 속에 생겨난 욕망과 실현의 당위성을 공유하고 있지 않은가! 욕망의 환영까지도.

나의 몸속 어디에 이토록 강한 남자의 목표점이 고스라니 간직되어 있었던가, 다른 어떤 아름답고 형이상학적인 언어로도 드러나지 않던 곳, 어떤 행복이나 웃음에 의해서도 자극된 적이 일찍이 없었던 곳, 오로지 한 남성의 강력한 눈빛으로만 녹일 수 있는 이토록 관능적이고 뜨거운 욕망의 용광로가 숨어 있던가.

그러나 그녀는 울지 않는다. 이제 눈물로서가 아닌, 존재 전체로 그의 눈빛을 감당해내려고 한다.

"니는 그 속에 가지 마라." 어린시절, 봉애 어머니는 나가서 친구들과 어울려 놀고 싶은 그녀를 붙잡아 앉혔다. "혼자 남으면 혼자 오지" 소리쳐도 어머니는 꿈적하지 않았다. 봉애는 지쳐 포기했다. "가지 마, 일진이 안 좋은 날이야. 어제 꿈자리가 안 좋았어." 남편 역시 그녀를 안전한 공간(?) 속에 붙들어 놓았다. 어머니와 남편은 자신이 정한 공간 밖은 언제나 위험하고 불안하다고 했다. 둘의 확신은 신앙이 되었다. 봉애는 '삶을 경험해보고 싶은 욕망'에서 용감하게 결혼을 선택했지만 또 하나의 사방 막힌 공간에 던져졌을 뿐이었다.

봉애의 의식을 깨운 것은 쇼핑센터 셔틀버스 1호차 기사, 그 남자이다. 풍욕과 호흡으로 살아난 그녀의 몸은 그의 육체를 경험하고 싶었다. 그도 그랬다. 몸을 통한 사랑의 경험, 그녀는 전쟁과도 같은 욕망에 응전할 준비가 되어 있었다. 몸의 결손으로 인해 어머니로부터 여성성을 억압받고 무성으로 존재하기를 강요당했던 울분이 용기를 북돋았다. 미세한 자극에까지 불행을 염려하는 남편의 소수자 의식이 그녀의 집념에 불을 쏟았다. 그래서 봉애의 욕망은 뜨거운 갈망이었다. 그러나 세상의 눈과 책임에 눌려서 그는 떠났고 그녀의 욕망은 좌절되었다.

봉애, 그녀가 욕망한 것은 몸을 통해서 자신의 존재를 완전하게 확인하는 것이었다. 어머니와 남편이 인식하는 특별한 딸과 아내, 특별한 가족의 성립과 유지 안에서 확인되는 자신의 존재는 완전한 것이 아니었다. 자신은 억압되거나 배제된 속에서 구성된 존재의 파편일 뿐이었다. 봉애는 죽어있던 몸을 깨워 그 몸이 욕망하는 사랑을 주저 없이 인정하고 실행하는 완전하고 건강한 여성으로 다시 태어나고 싶었다.

김미선 장편소설

봉애의 사랑은 타자에 의해 금기되었던 성적 욕망을 자각하는 것이었다. 그녀는 욕망을 실현해서 스스로 주체가 되어 명징한 정체성을 찾아내고 싶었다. 봉애는 그동안 억압되었던 무의식의 욕망을 만났고 당당히 그 가운데를 뚫고 지나가려 했다. 장애를 의식하지 않은 여성으로서의 자신을 만나려 했다.

자신을 찾아가는 여정에의 몰입, 이것은 비단 장애 여성에게만 국한되지 않을 것이다. 주체적인 자아의 발견과 '진짜'인 자신을 찾기 기대하는 모든 여성의 욕망 서사이기 때문이다. 작가 김미선은 그 길에서 실패하고 처절하게 구겨진 자신의 모습을 목도한대도 분연히 떨쳐 일어나기를 응원한다. 그래서 소설을 통해 욕망이 남긴 환영을 은밀히 주워 주머니에 넣고 또다시 걸어갈 수 있는 담대함을 나누어 주고 있는 것이다.

1쇄 발행일 | 2013년 11월 11일

지은이 | 김미선
펴낸이 | 정화숙
펴낸곳 | 개미

출판등록 | 제313 - 2001 - 61호 1992. 2. 18
주소 | (121 - 736) 서울시 마포구 마포동 136 - 1 한신빌딩 B-109호
전화 | (02)704 - 2546, 704 - 2235
팩스 | (02)714 - 2365
E-mail | lily12140@hanmail.net

ⓒ 김미선, 2013
ISBN 978 - 89 - 94459 - 30 - 1 03810

값 12,000원

잘못된 책은 바꾸어 드립니다.
무단 전재 및 무단 복제를 금합니다.

※문화나눔사업은 문화체육관광부와 한국문화예술위원회가 추진하며, 복권위원회와 함께 합니다